U0107459

《西游记》的八十一问

3

李天飞 著

作家出版社

目 录

火德星君的发家史

取经四人组过了通天河，遇到了青牛精，又叫独角兕大王。青牛精最厉害的法宝是金刚琢。为了降伏青牛精，孙悟空先后请来托塔天王、哪吒、雷公、火德星君、河伯、西天罗汉等众仙。

这里面，火德星君是头一回出场。孙悟空在彤华宫拜见了火德星君，在乌浩宫拜见了水德星君。南火北水，本来无可厚非。但火德星君这次大显了一回本事，带来了火龙、火马、火鸦、火鼠等一应火具。水德星君却没有亲自来，只派了河伯来。虽然都败了，但也体现出：火德星君实力雄厚，亲力亲为；水德星君有些发虚。

独霸一方

火德星君（又叫火德真君，本书不区分）的地位，还体现在平顶山莲花洞那一回。日值功曹变化为樵夫，前来报信，孙悟空说他人情大，能押解妖精，樵夫问他押解往哪里，孙悟空说：

> 西方的归佛，东方的归圣，北方的解与真武，南方的解与火德。是蛟精解与海主，是鬼祟解与阎王。各有地头方向。我老孙到处里人熟，发一张批文，把他连夜

解着飞跑。

这里的火德真君竟然可以独占一方，和西方的佛、东方的东华帝君、北方的真武大帝相提并论，其他金德、水德那几个兄弟呢？

而且，现实中，天下有许多供奉火德真君的火神庙，水神庙、水德真君庙却少之又少。金德真君庙、木德真君庙、土德真君庙就更少或几乎没有了。佛教寺院、道教道观，很多都有火神殿，什么时候见过水神殿、金神殿、木神殿、土神殿？为什么火德真君一家独火，力压其他四行神君？就因为他名字里有个"火"？

当然，发挥五行中"水"的作用的，更多的是龙王庙。发挥"金"的作用的，更多的是作为武神的关帝庙或财神庙。发挥"木"的作用的，更多的是主管山林的山神庙。发挥"土"的作用的，更多的是管一方地面的土地庙，但是，这些庙里的神都只能说和五行的水、金、木、土有关系，并不能成为这四行的代表。比如土地庙虽然有个"土"字，但它管的实际上是乡土、国土，而不是五行的土。五行神中的火神能长期飙红，在民间信仰中大行其道，其他四行还真的没有这个能力！

如果我们看过《封神演义》的话，就会发现那里的水、火正神也有这个不对称问题。火部正神罗宣受封为火德真君，火部堂堂正正列为八部正神之一。水德星只跟在群星后面，根本没列为一部，而且封给了一点法力都不会的鲁雄。如果罗宣算部级干部，鲁雄顶多算个厅级。这老爷子根本不会用水，而且是被冰冻大雪所败，他来管水不知得管出多少娄子！而破了火部正神的龙吉公主居然只做了个小小的红鸾星，和水部没有半点关系！

中国上古是有水火二神的。火神祝融，水神共工。这两个本来是部落的名字，祝融氏和共工氏打了一仗，共工氏败走。这一仗，基本上就确立了几千年水火二神的格局：火神扬扬得意，水神灰头土脸。

我曾经聊过印度的龙王进驻中国各大水域的历史。这当然和佛教的强大宣传能力分不开，但恐怕也和我国历史上的司火、司水二神本来就有的旧梁子分不开。此后火神经常东露一脸、西露一脸，水神反倒销声匿迹了。

但是，从宋代到明代乃至今天，我们谈到火神，更多想到的是火德星君，而不是祝融。为什么火德星君香火最旺？答案是：几家大号联推！这里我介绍一篇文章，是刘海威先生的《也论祆神与火神之融合——以小说〈封神演义〉为例》，刊于《世界宗教研究》2012 年第 3 期。我这一篇其实没什么太多创见，只不过是对刘先生观点的一些概述。

做"火"话题的不止一家

祝融氏绝不是唯一的火神。当五行配五大行星的信仰出现后，人们就认为火星是有神主管的，于是产生了"火德荧惑执法星君"的说法，简称"火德星君"。其实道教主火的神不止一个，只要翻一翻道经就会发现，除了火德星君外，还有火祖燧人帝君、火祖炎帝帝君、火正阏伯真官、火神祝融神君、火神回禄神君、火炁郁攸神君、丙丁位司火大神、巳午位司火大帝、南方赤精帝君、南方赤灵帝君……好多好多，其实他们管的也都差不多，就像推送相似内容的同质化自媒体号。

但是，老百姓记不得那么多的火神，需要简化，需要明确，在他们心中，只要一个就可以了。于是燧人、炎帝、赤精等等号都经营惨淡，或者说，很多都被火德星君收购兼并了！

这里需要解释下，火德星君也并没有把这些小号全部吃掉，民间的火神五花八门。祝融、阏伯等老火神，在河南一带仍然有信奉的。甚至明代以后出现的新火神，如王灵官、殷郊，也在火神庙里待着，但他们的势力，远远比不过火德星君就是了。这从民间火神庙的另一个名字"火星庙"，就可以看出来。注意，这火星庙里供奉的是火德星君，可不是火星人！

官方强推：宋徽宗的大力圈粉

火德星君赶上了一次大的官方推广，纯粹是走了狗屎运。这是在宋徽宗崇宁年间（1102—1106），官媒推荐语是：符合主流意识形态！这次推广，圈粉无数，使火德星君真正"火"了。

原来在中国古代，有一套"五德终始"的说法。每一个朝代，都认为五行中的一行与之相配。比如夏朝是木德；商灭夏，金克木，商是金德；周灭商，火克金，周是火德；秦灭周，水克火，秦是水德。当然，有时候按五行相生的规则，有时候按五行相克的规则。总之宋朝人推来推去，认为自己是"火德"，所以叫"炎宋"，喜欢穿红色衣服，连年号都有"建炎"，就连开国皇帝赵匡胤，也被传说为火德真君下凡（《宣和遗事》）……举国上下一片火的形势下，当然要供奉火德真君啦！

于是宋徽宗下令，全国道观，都要建火德真君殿。一大批火神殿、火神庙修了起来。理由很充分：国家是火的颜色。皇上喜欢火系魔法。

外资：波斯拜火教

但光有官方推还是不行，因为不是所有老百姓都吃主旋律那一套，这就需要引入其他的力量。第二个强推的大号，是国外投资的，叫祆教。这也是火德星君的狗屎运，正好碰上祆教的主营业务是推销火罢了！祆教，是萨珊波斯的国教，也在中亚地区传播。中国称为祆教、火祆教、拜火教。与《倚天屠龙记》里张无忌的明教也很有渊源。这个宗教特别崇拜火神，认为火是无限的光明。所以《倚天屠龙记》里明教教众说："焚我残躯，熊熊圣火。生亦何欢，死亦何苦。为善除恶，唯光明故。……"

祆教传入中国后，极其兴盛，尤其是唐代大量胡人进入汉地，建了许许多多的祆教庙。这些祆教庙都是拜火的，有时甚至没有神像，只是设一座祭坛，中间燃起"熊熊圣火"，信众围绕着火坛载歌载舞。

祆教进入中国之后，逐渐被本土文化同化。尤其是胡人的影响逐渐消失之后，剩下的这些拜火的祆庙，多数和中国传统的火神合流，改为火神庙了。宋代又力推火德真君，这些火神庙的主人，多数就都变成火德真君了。

这"熊熊圣火"中走出过一位乱世枭雄，差点把整个唐朝烧了。这个人，就是唐代大反贼安禄山。

安禄山是胡人，他这个名字，并不是汉语。而且胡人里，名字叫禄山的特别多。比如康禄山、米禄山、石阿禄山、曹禄山（均见于敦煌文书）。康、米、石、曹，都属"昭武九姓"。那么，这些"禄山"或和"禄山"音近的名字，是什么意思呢？

安禄山的母亲是突厥的女巫，据说因向轧荦山神祷告而孕，生下的孩子就是安禄山，小名轧荦山。"轧荦山""禄山"并不是山的名字，而是源于粟特语 roxšan，意思是"光明""明亮"。也就是说叫"禄山"的人，都有祆教的背景！

安禄山是信仰祆教的，包括他部下的胡人，也是信仰祆教的。所以，安禄山能造反，不但因为他军事实力雄厚，还因为他自称是"轧荦山神"的感应化身，在胡人中具有世俗和宗教的双重号召力！他死后，史思明给他的谥号是"光烈皇帝"，光是光明，烈是烈火，同样和火神分不开。

《封神演义》"罗宣大焚西岐"（清刊本）

文青号：火德星君罗宣

和祆教联手推送的，就是一部文学作品《封神演义》。

《封神演义》里的罗宣，骑赤烟驹。善于用火，受封为火德星君。书中写道：

> 罗宣见子牙众门人，不分好歹，一拥而上，抵挡不住，忙把三百六十骨节摇动，现出三头六臂，一手执照天印，一手执五龙轮，一手执万鸦壶，一手执万里起云烟，双手使飞烟剑。

这和《西游记》里的火德真君的火龙、火马、火鸦、火鼠、火枪、火刀、火弓、火箭，完全一致。五龙轮就是火龙，赤烟驹就是火马，万鸦壶就是火鸦，飞烟剑就是火刀、火枪，万里起云烟就是火弓、火箭。他三头六臂的形象也和唐代以来的祆教神是一样的。

最好玩的是他这个名字罗宣，恐怕就是安禄山那个"禄山"的变种。因为明代官方的波斯语教科书《回回馆杂字》，就将波斯语的roxshan汉语音写为"罗山"。而汉语的"宣"和"山"本来就是发音相似、意义相通的，比如《春秋说题辞》就说"山之为言宣也，含泽布气，调五神也"。另外，西方语言的sh既可对应汉语拼音的"sh"，也可对应"x"，比如萧、肖的读音，就可以写成"shiu"，信的读音可以写成"shun"。

今天各地还有管火神庙里面的火神叫罗宣的，还真未必是从

《封神演义》来的，而可能就是祆教留下的痕迹。只是已经渺茫难考了。但是，我们还是把这份功劳，归在文学作品《封神演义》的名下。

所以我们今天看到的这位火德星君，其实是融合了以上各路大号、小号特点的产物。比如西安都城隍庙（都城隍庙，比城隍庙等级高，相当于直辖市级的城隍庙）的火神爷爷住在专门的火神殿里（然而并没有什么土神殿、木神殿），这正是宋代专给火神建殿的老习惯。西安都城隍庙里的火神长了三只眼，这又是从祆教神像继承下来的特征。它的名字叫"洞阳大帝南丹纪寿天尊"，这又是整合了其他小号的特征。门口卖香的老太太记不住这名字，还是管它叫火德真君。另外，像邢台火神庙，民间传说这里的火神名叫罗宣，这又是《封神演义》的影响了！

所以说，五位星君同时来到面前，我们一眼就可以把火德星君认出来："哇，星君，你好火！"

水德星君、土德星君、木德星君相互望了一眼，说："老金，你们聊，我们先走了。"

金刚琢到底是什么？

唐僧师徒四人过了通天河，走到金山。孙悟空去化斋，临走的时候用金箍棒画了一个圈子，叫师徒三人坐在里面。不料金山有一个青牛精，变化了楼台房舍，诱捕了唐僧、八戒、沙僧。孙悟空回来后，与青牛精大战，不料金箍棒被青牛精用一个圈子套去。孙悟空请来托塔天王、哪吒、雷公、火德星君、河伯、西天罗汉，法宝都被圈子套去。最后如来暗示，让孙悟空去太上老君处寻找，才发现是太上老君的坐骑青牛下凡为妖，那个圈子是他的法宝金刚琢。

有朋友问：金刚琢怎么这么厉害，既能套东西，又能砸人，这到底是什么东西？

金刚琢和金刚圈

道教里还真没找到这件法宝，但禅宗里有一个东西，和它很相似，这就是禅师们经常说的"金刚圈"。

金刚圈这个话头，是杨岐方会禅师提出的。杨岐方会禅师（992—约1049）拿这句话问弟子："栗棘蓬你作么生吞，金刚圈你作么生透（或跳）？"后来很多禅师都用这话来问弟子，希望让弟子迅速参悟。比如：

> 面壁成何物。古今多伎俩。祥麟一无措。以拄杖画
> ○云：
> 　"寻常拈个金刚圈。天下衲僧跳不出。"（《黔南会灯录》）

　　金刚圈把猴子玩弄于股掌之上，这个禅宗公案有吗？也有的："金刚圈、栗棘蓬。是甚么弄猢狲家具（耍弄猴子的工具）？"

　　一般的禅师拿这个来考问弟子，就是用拂尘在空中画一个圈，禅宗叫"圆相"，然后问："这个金刚圈，你怎么跳？"一般的弟子是答不出来的。答不出来，就像个被耍的猴一样，被套住了。

　　那么怎么答才对呢？答案是：如果不悟，怎么答都不对。如果悟了，怎么答都对！这个问题就不能用任何一种语言逻辑去思考。只要一用逻辑思考，那就套住了！

　　禅宗这种问题都是这样的。比如"空手把锄头，步行骑水牛。人从桥上过，桥流水不流"，类似的问题，绝不能用"逻辑思维"去想，这里面没有逻辑上的同一律、排中律什么的，目的就是毁你的三观！

　　金刚圈不但能套东西，还坚硬无比能砸人。孙悟空就是被太上老君用金刚圈击倒的。禅宗公案里面有用金刚圈打头的描述吗？也有。例如《无明慧性禅师语录》：

> 有时不是心不是佛不是物。生金刚圈撞着头疼。

　　如果能跳出金刚圈，那就了不得，禅宗高僧说"便与三世诸

佛，把手共行""跳金刚圈，可以敌胜惊群，可以转凡成圣"。但是，该怎样跳出呢？首先要弄清楚一个问题。

金刚圈到底指什么？

其实据我理解，这和禅宗经常拿来打比方的"蚊子上铁牛""石上栽花""银山铁壁""无孔铁锤"等的意思都差不多。比喻某一种东西，用普通人的智慧难以理解、难以参透。

这玩意儿是什么呢？我认为，用现代人的话说，这就是人类智力的边界！换句话说，是阻止人类认识到自己本来面目的障碍！

人类的智力是不断发展的：针对外界，我们有各种创造发明；针对内心，有各种心理测试装置，还有各种逻辑判断、推理归纳、演绎计算等思维方式。但是，折腾了多少年，这些方式让我们至今认清楚心灵的本质了吗？没有。我曾经说过，孙悟空好比人的心智，那么，这些创造发明、测试装置、逻辑判断推理的方法，无疑可以看作孙悟空搬来的各路法宝！

金箍棒无非是棒，哪吒剑无非是剑，佛祖砂无非是砂，就算是自然界的水火，也只有通过两位星君的水具火具的转化，才能用来为人类服务。这些法宝其实都是工具，在正常的规则下，对人类都是有效力的。今天的"法宝"更加发达了，比如望远镜可以大大地拓展视野，飞机汽车可以大大地拓展活动区域，各种推理归纳、演绎计算可以大大拓展思维的深度和广度，它们都可以看作是法宝，但这些法宝，都是人类智力创造出来的，无法突破智力本身！也就是说，人类很难靠自己创造的工具来认识自己。

那么，该怎样破除这种理性的局限、智力的边界呢？其实

《西游记》这部书，以及传统哲学都明明白白地告诉我们了，那就是第五十二回的题目："如来暗示主人公"。找到主人公，找到本来自我，智力的边界就突破了，这和"六贼无踪""好向丹台赏明月"，其实都是一个道理。

这个道理，说起来很玄，其实很简单：人类学会了使用智力，使用理性，使用工具，但是理性和工具也使我们与自然界对立了起来。理性（或法宝）只能对外界应用，而不能应用于自己。就像手电筒不能照亮手电筒自身一样。禅宗所努力做的，就是使用一系列违背逻辑、违背理性的方式，走出这一盲区和陷阱，努力认清自己、照亮自己。

其实聊这个问题的时候，我深感语言文字的无力，尤其是书面文字的无力。比起《西游记》，我们今天的语言差得太远太远！哪位想进一步探索，来找我，我给你画个圆圈！

每一个法宝，都是古人的一个问题

我们今天研制汽车、飞机、计算机，本质上都是被问题驱动的：我们人类能这样做吗？能那样做吗？我们问，能在地上快速移动吗？汽车就出现了。能在天上飞翔吗？飞机就出现了。其实古人也一样，也会提出这些问题。他们虽然没有先进的技术，研制不出解决某些问题的工具，却可以把这些问题转化为神话故事中的法宝。我们不妨把法宝看成是特殊的工具，在神话故事里，为了解决人类的问题，神仙们倾尽全力，研制这些工具，使它们威力越来越大。

铁扇公主问：我们人类能利用风能吗？于是她就开发出一把

扇子工具来。

灵吉菩萨问：我们人类能止住台风吗？于是他就开发出一颗定风丹工具来。

太乙真人问：我们人类能瞬间移动几千里吗？于是他就开发出一对风火轮工具来。

赤精子问：我们人类可以通过光致人死命吗？于是他就开发出一面阴阳镜工具来。

太上老君问：你们天天嚷着利用光能，利用风能，利用这个那个能开发工具，但这些工具能使人类认识自己吗？于是他就开发出一个金刚圈来。

所以，法宝是针对外界设的问，而金刚圈是针对法宝设的问。金刚圈本身并不能喷火喷风，并不能瞬间位移。但一切法宝面对金刚圈，就必须回答金刚圈提出的问题。回答不出，那就被套走。

金刚圈与青牛

但是《西游记》为什么安排一头青牛来玩金刚圈呢？禅宗的金刚圈，难道和牛有关系吗？

的确是有关系的，例如《如净和尚语录》：

> 秉拂。上堂。铁酸馅、金刚圈，塞断咽喉，拽脱鼻孔。天童立地有分，衲僧乞命无门。且道，如何堪与瞿昙作子孙。
>
> 请首座上堂。拔断毒蛇尾巴，穿住黑牛鼻孔。虚空

背上牵来，大地六番震动。

　　所谓"拽脱鼻孔"，说的肯定是牛，而不是人。如净禅师，生于南宋孝宗隆兴元年（1163）。也就是说，宋代的时候，禅宗就已经兴起这种牛戴金刚圈的比喻了。

　　牛，在禅宗中是有特殊用意的，禅宗借牛来比喻心性，牧牛如牧心，降伏了牛，就找回了久已迷失的自我本性。青牛逃脱了，"拽脱鼻孔"，其实就是暗喻心性逃脱了。不但逃脱了，还拿着智力的边界来挑战修行人。这时除了寻得"主人公"之外，别无他法！

　　《西游记》的高明之处，就是它特别善于使用意象。在这个故事里，作者选来选去，选了太上老君的牛作为心性逃脱的象征。

　　正好老子的这头牛，很喜欢戴圈。陕西佳县白云山白云观明代壁画《老子八十一化图》中，这头牛就戴了一个圈，这就是给牛戴的鼻环。《西游记》原著也说了："老君将金钢琢吹口仙气，穿了那怪的鼻子，解下勒袍带，系于琢上，牵在手中。至今留下个拴牛鼻的拘儿，又名宾郎。"

　　这里多扯一句，其实和太上老君有关的梗，还有很多值得开发，例如孙悟空在平顶山的那回，变了老道士，要骗两个小妖，说我这葫芦能装天。结果是请来哪吒太子，用真武皂雕旗遮住了日月，于是天地昏暗，把真的葫芦和净瓶骗到手了。其实在道教故事里，是太上老君干过这事，"太上（老君）于迦夷国，王好杀不信凌犯。太上左手把日，右手把月，藏于头中，天地俱昧，国人恐怖"（龙门洞道院《老子八十一化图》）。

《老子八十一化图》：过函关

金丹砂是什么？

青牛精这一回中，还有一件好玩的法宝，就是金丹砂。这砂的特点是能埋人。《西游记》原著说如来派了十八罗汉，取了十八粒金丹砂来擒拿青牛怪：

> 细细轻飘如麦面，粗粗翻复似芝麻。世界朦胧山顶暗，长空迷没太阳遮。不比嚣尘随骏马，难言轻软衬香车。此砂本是无情物，盖地遮天把怪拿。……那妖魔见飞砂迷目，把头低了一低，足下就有三尺余深；慌得他

将身一纵，跳在浮上一层，未曾立得稳，须史又有二尺余深。

这种和沙漠一样、能陷没人的金丹砂，佛经里有吗？有，就是金刚沙。《正法念处经》里记载了大焦热大地狱里的"雨沙火"：

> 有金刚沙遍满其中。柔软如水。能烧之人。犹尚畏没。况重恶业地狱之人。彼地狱人。入中则没。犹如没水。恶业因故。没已复出。彼金刚沙。有三角块。刃火极利。揩罪人身乃至骨尽。尽已复生。生复更揩。揩已复尽。尽已复生。死而复活。无能救者。堕焰沙中唱唤号哭。呼嗟涕泣。以恶业故。

也就是说，地狱中的罪人落入了这种金刚沙，马上就会陷进去，就像没在水里一样。没进去又浮出来，金刚沙有带火的刃，把罪人身上的肉刮净之后，又复重生，这样反反复复地受苦。这让我想起了郭德纲的相声《文武双全》里面的练铁砂掌，用掌在铁砂里磨，一开始的时候当然不行，要用红小豆——捶豆馅！

当然，金丹砂也没有奏效，依然被妖怪套去了。罗汉这才告知如来的嘱咐，要到太上老君那里寻访寻访。

我觉得这里还有一个特别好玩的事，就是如来和太上老君交换了法宝的名字："金丹"本来是道教的专用语，佛祖的法宝偏偏叫"金丹砂"；"金刚"本来是佛教的专用语，老君的法宝偏偏叫"金刚琢"。所以，作者在这里宣扬的，很可能是佛道同一的观念。

女儿国国王修了世界七大奇迹之一？

有朋友问：《西游记》的女儿国在今天的哪里？

这个真不好说，因为历史上的女儿国，不是太少，而是太多！比如《山海经》的女儿国、《淮南子》的女儿国、《三国志》的女儿国……天南海北哪儿都有。这种女儿国的女性生育，要不就是到水里裸泳一下就怀孕了，要不就是到湖边裸吹一下就怀孕了……

人类当然不能像水螅似的，单体繁殖。这只能说明一个问题：母系氏族部落到处都有，至少，女儿国也保留着母系氏族社会的特征，所以只知道育苗者，不知播种者，才产生了这种"单体繁殖"的现象。

由于历史上记载的女儿国太多了，所以这里只聊一个女儿国，因为《西游记》产生于明代，而这个女儿国正是明代人经常听说的。

亚马孙女儿国

我的朋友马伯庸兄曾说过，在古希腊时代，存在过一个女儿国，叫作亚马孙人（Amazones，也译为阿玛宗人），居住于黑海之滨小亚细亚西岸一带，部落里都是女性战士，异常骁勇。传说她们为了方便投枪射箭，还把自己的乳房烙掉一边。亚马孙人内部不允许男性的存在，卖书也不包邮，繁衍靠和邻近部落的男子交合，生女留下，生男则扔给男方或杀死。

历史上虽然很多女儿国，但这个卖书不包邮的 Amazones，明朝人是最熟悉的。因为明代来华的传教士大讲特讲：

> 迤西旧有女国，曰亚玛作搦，最骁勇善战。尝破一名都曰"厄弗俗"，即其地建一神祠，宏丽奇巧，殆非思议所及。西国称天下有"七奇"，此居其一。国俗惟春月容男子一至其地，生子，男辄杀之。今亦为他国所并，存其名耳。（《职方外纪》）

这段话什么意思呢？其实稍微看一下就知道，这个"亚玛作搦"，就是 Amazones 的另一种译法。这个女儿国里的女人，骁勇善战，攻陷了一座著名的城市（名都），叫"厄弗俗"。厄弗俗是什么呢？就是《圣经》里的"以弗所"（Ephesos）或"以佛索"，也翻译成"爱非斯"。这个女儿国人建造的神祠，"宏丽奇巧，殆非思议所及"，以至于"西国称天下有'七奇'，此居其一"，这就很明白了：这就是阿尔忒弥斯神庙！世界七大奇迹之一！它竟然是女儿国国王下令修建的！

不要觉得这只是传教士们随便一说。"亚玛作搦"女王的声名，在明朝的读书人中，流传极广，明末四公子之一方以智在他的《物理小识》里就讲过。明末清初人周拱辰（1589—1657）幼年时正赶上世德堂本《西游记》出版，后来他竟然有一篇奇怪的战斗檄文，是模仿骆宾王《讨武曌檄》写的《讨女人国王亚玛作搦檄》！

这是篇要和女儿国国王开战的檄文，长达好几千字，文章大意是说女儿国败乱纲常，必须讨伐。有几句"檀多波弋，是名波弋香妃""用珊瑚币，即号珊瑚红妇""乳长七尺""发乃丈余"，不知是真的这样，还是从古书上抄来的。这位周先生何以写这篇檄文，文末交代得很明白：武则天看了骆宾王的檄文，就说宰相何不用此人；若"亚玛作搦"女王看了这篇檄文，一定会说大明朝有这样的能人，怎么不去当宰相！

这不是真的檄文，是一种游戏文章。和他这篇文章放在一起的，还有什么王母蟠桃会的通知、鱼告螃蟹的状子。这和今天唐僧同志在庆功会上的讲话、孙悟空写给唐僧的信，都是一路东西。

但是，只有热门话题，才会有游戏文章啊。明朝人都能根据这个传说写游戏文章，可见当时这个亚玛作搦国，是何等热门了。另外，旧传亚马孙女国有两位女王，一位负责战事，一位负责政务，《西游记》中女儿国里太师的地位特别尊崇，和这好像也有些关系。

女儿国背后的血腥

其实周拱辰不知道，亚玛作搦是古希腊时代的，早已灭亡，他还以为一直存在呢。这本是一个很原始的部落，女儿国的千娇百媚、莺歌艳舞背后，隐藏的其实是原始的血腥！

亚马孙人悍勇好战。古希腊神话里，赫拉克勒斯杀了亚马孙人的首领希波吕忒。她的妹妹安提俄珀打进希腊为姐姐报仇，结果战死在忒修斯统率的雅典部队手中。

《西游记》里有一个细节：唐僧师徒喝了子母河河水之后，找到一个老婆婆求助，老婆婆就说：

> "我家决不敢复害你。"行者咄的一声道："汝等女流之辈，敢伤那个？"老婆子笑道："爷爷呀，还是你们有造化，来到我家！若到第二家，你们也不得囫囵了！……我一家儿四五口，都是有几岁年纪的，把那风月事尽皆休了，故此不肯伤你。若还到第二家，老小众大，那年小之人，那个肯放过你去！就要与你交合。假如不从，就要害你性命，把你们身上肉，都割了去做香袋儿哩。"

虽然我不知道为什么要用人肉做香袋。但是据希罗多德的《历史》记载，亚马孙人确实必须在战斗中杀掉敌军的一个男人，才能完成成年礼。

南宋地理学家赵汝适《诸蕃志》有一段话：

> 又东南有女人国，……昔常有舶舟飘落其国，群女携以归，数日，无不死。有一智者，夜盗船亡命得去，遂传其事。

死了？死了！一船男人，被女儿国的群女带走之后，全都死了。

怎么死的，不知道。总之，不像是死得多么痛快。

细思恐极！从与不从，经过"数日"，都要死！

这里面，其实就透着女儿国原始的血腥味道了。所以唐僧经过女儿国的故事，本质上可不是很文艺很清新！就算眼前这几位老婆婆，也有年轻的时候吧！

爱就大胆喊出来

然而，只有原始才够野蛮，只有原始才够直白。

《西游记》写女儿国国王，是套用了文明社会中的形式。她亲排銮驾，到馆驿迎接唐僧，满朝文武跟随，合城百姓观看。宫殿、百官、太师、馆驿、孔雀屏、凤辇龙车，这些当然都是文明社会的标志，然而女王一见唐僧，立即露了原形：

> （女王）看到那心欢意美之处，不觉淫情汲汲，爱欲恣恣，展放樱桃小口，呼道："大唐御弟，还不来占凤乘鸾也！"三藏闻言，耳红面赤，羞答答不敢抬头。

要知道，这是什么场合！这是京城的大街上，众目睽睽之中，光天化日之下。羞答答的，居然是唐僧了！

其实后来的电视剧是把这位女王演得更温柔、更含蓄了，这当然是为了符合今天女性的爱情。比如 1986 版电视剧《西游记》演女王想对唐僧表白，从始至终没有吐一个字。最后喊唐僧来深宫里，要他来看一件"传国之宝"。这种拐弯抹角的表白，是符合文明社会女性身份的。所以那首"鸳鸯双栖蝶双飞"，唱了这么多年，经久不衰。

　　但在《西游记》原著里，这表白，才够畅快！够野性！石破天惊，直截了当。

　　其实原著这样写这句表白，才接近女儿国国王真实的心理。这才是一个真正女王该有的表现。她握有杀伐决断的大权，她从小到大没有遇到过一个男人，全国也没有一个男人。她上哪儿学那一套羞答答的习惯？她就应该这么说，这才像个女王的样子，吞吞吐吐，反倒是电视剧的改编了。

　　其实百回本《西游记》还算好的了！再早一点，《西游记杂剧》连当街表白都省了，女王逼婚不成，就亲自动手，"捉翻唐僧"。唐僧叫道："谁救贫僧也！"

　　虞姬要给霸王硬上弓了！

　　不但唐僧被捉翻了，孙、猪、沙三人也被诸女"按倒捉翻"了。以师兄弟三人的神通，竟然顶不住诸女，被"捉翻"，也是奇了，自己摸摸心坎吧。

　　杂剧这段，同样带出来的是一股野性。这和赵汝适《诸蕃志》的那个女儿国"群女携以归，数日，无不死"岂不正相似？

　　这里多扯一句，在杂剧里，八戒沙僧在女儿国破了戒。唐僧被救出后，孙悟空这里有一段唱：

　　　　猪八戒吁吁喘，沙和尚悄悄声。上面的紧紧往前挣，下面的款款将腰肢应。我端详了半晌空偎悻，他两个忙将黑物入火炉（打码），我则索闲骑白马敲金镫。

　　亚马孙人在明代人的影响，基本就是这些。女儿国故事也正经八百地算了两难，真够实至名归的了！

别上当了，孙悟空根本就没死在取经途中！

"真假孙悟空"这个故事，是《西游记》里的重头戏。

网上流传着一种说法：被打死的那个，是真孙悟空，此后跟着唐僧取经到西天的那个，是六耳猕猴；这些都是如来的阴谋，是为了搞倒他的竞争对手须菩提祖师的。这个说法，不知从什么时候开始的，流传了很久，原来应该只是一个玩笑，谁知越来越多的人信以为真。所以不得不专门澄清一下：只要细看看原著，就不至于有这样的误解。

如果按网上这个说法的逻辑来分析，我可以负责任地说：真假孙悟空去的那个西天雷音寺都是假的！或者说，那个如来都是假的，真的如来已经死了或被软禁了，现在这个如来是须菩提祖师变的！

理由很简单，可以看看原著：

> 他两个在那半空里，扯扯拉拉，抓抓捱捱，且行且斗，直嚷至大西天灵鹫仙山雷音宝刹之外。早见那四大菩萨、八大金刚、五百阿罗、三千揭谛、比丘尼、比丘僧、优婆塞、优婆夷诸大圣众，都到七宝莲台之下，各听如来说法。那如来正讲到这：

　　"不有中有，不无中无。不色中色，不空中空。非有
为有，非无为无。非色为色，非空为空。空即是空，色
即是色。色无定色，色即是空。空无定空，空即是色。
知空不空，知色不色。名为照了，始达妙音。"

　　概众稽首皈依。流通诵读之际，如来降天花普散
缤纷。

　　有些朋友看到这里，也就过去了。反正就是讲经呗。但是
翻完《西游记》全书，就会发现，整一百回里如来只在这讲了
一次具体的有经文的经！所以有没有人研究过，这段经到底是
什么经？

　　如果有人去翻大藏经，我敢保你翻遍了，这段话一点影儿也
找不到，因为它根本就不是佛经！

　　这一段如来说法的文字，出自道教经典《太上洞玄灵宝升玄
消灾护命妙经》（下文简称《护命经》）。这部经，是元始天尊亲
口说的。

　　面对"四大菩萨、八大金刚、五百阿罗、三千揭谛、比丘尼、
比丘僧、优婆塞、优婆夷"，这么盛大的法会，《西游记》唯一一
次具体讲经，佛教教主居然讲起了道教经典？难道是作者抄错了
吗？当然不是！因为这段经极其有名。它又简称《护命经》《消
灾护命经》，是从唐代起就流传极广的道经，在民间耳熟能详，
甚至大书法家柳公权都写过，有图为证：

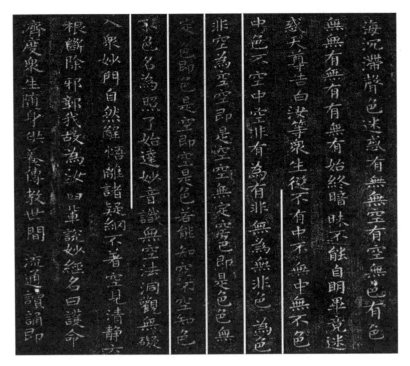

柳公权书《护命经》

按照那些阴谋论的说法，如来处心积虑指鹿为马，让六耳猕猴打死了真孙悟空，是为了搞掉他的竞争对手须菩提祖师。那么这段经又是几个意思？而且，在《西游记》里，哪位既会讲佛家经，又会讲道家经？只有一个人，那就是须菩提祖师！

孙悟空刚去学艺的时候，原著描写须菩提祖师讲经：

> 天花乱坠，地涌金莲。妙演三乘教，精微万法全。慢摇麈尾喷珠玉，响振雷霆动九天。说一会道，讲一会禅，三家配合本如然。开明一字皈诚理，指引无生了性玄。

这里说得明明白白！须菩提祖师既能讲道，又能讲禅，主张三家配合。整部《西游记》里再无第二个！况且从他的名字来看，他也不叫菩提祖师，而是须菩提祖师。须菩提，又音译为苏部底、须扶提、须浮帝、薮浮帝，是释迦牟尼十大弟子之一。那他是佛教人士了？却也不然，他教给孙悟空的功夫，是道教的内丹术。他擅长的动字门、术字门、流字门、静字门，也是三教都有，而以道为多。他正是一个兼通佛道的人物。

如果按照网上那些阴谋论的逻辑来推理，我可以得出结论：两位孙悟空打到西天的时候，那个宝座上的如来，恐怕就是须菩提祖师变的！要不就是雷音寺被元始天尊占领了！而且这个结论是有实实在在文献支持的！

多扯一句，我一直强调，《西游记》并不一定是扬佛抑道的，而且举出了很多好玩的证据。以为《西游记》是扬佛抑道的，其实只看到了表面。今天这个又是一个例子。如果认为《西游记》是扬佛抑道的，那么怎么看待如来的这段讲经？展示如来的博学和包容，还是如来就喜欢反串？

孙悟空后面有独白

刚才这些都是戏说。其实只需要一个证据，就可以说明后面出现的仍然是孙悟空，而不是六耳猕猴。这就是后面孙悟空还有很多回忆和独白，比如在很靠后的陷空山无底洞：

> 一般的有日色，有风声，又有花草果木。行者喜道：

"好去处啊！想老孙出世，天赐与水帘洞，这里也是个洞天福地。"

又比如孙悟空远远看见唐僧祥云罩顶，便高兴地说：

> 若我老孙，方五百年前大闹天宫之时，云游海角，放荡天涯，聚群精，自称齐天大圣，降龙伏虎，消了死籍；头戴着三额金冠，身穿着黄金铠甲，手执着金箍棒，足踏着步云履，手下有四万七千群怪，都称我做大圣爷爷，着实为人。如今脱却天灾，做小伏低，与你做了徒弟。相师父头顶上有祥云瑞霭罩定，径回东土，必定有些好处，老孙也必定得个正果。

这些话可以去翻原著，都是任何人不在场的时候，孙悟空的自言自语，回忆的都是他当年在花果山的事。这些闹天宫、闹地府、天赐水帘洞……六耳猕猴当然没有经历过。假如死的是孙悟空，后面取经的都是六耳猕猴，要这些独白干什么？让六耳猕猴自己骗自己玩？除非说当年那个石猴探水帘洞的时候就淹死了，后来称王、学艺、闹天宫的全都是六耳猕猴，才说得通！

作者分得很清楚

我们细读原著就会知道，这几回从头到尾说得都很明确，从真孙悟空到花果山一见到假猴王的时候，作者的称呼就固定了：管真孙悟空叫"这大圣"（或孙大圣）如何如何，管假孙悟空叫

"那行者"（或那猴）如何如何，唯恐读者分不清楚。比如：

> 这大圣怒发，一撒手，撇了沙和尚，掣铁棒上前骂
> 道……那行者见了，公然不答。

这是真假孙悟空第一次见面，书里明确地写：孙悟空被唐僧
赶走，直接就去了普陀山。从普陀山带着沙和尚来的这位孙悟空
当然是真的！注意，从现在开始，作者管他叫"大圣"。

两个孙悟空说话的时候，也是真的先说，假的后说。无论在
哪里，凡是先说话的，都是"大圣"，后说话的，都是"行者"。
尤其是在阎罗殿，先说话的真孙悟空还叫"大圣"，后说话的假
孙悟空，作者忽然改称"那怪"，这就更看出作者做了区分了，
因为真孙悟空肯定不能叫"那怪"。

到最后如来说破真相，原文也是"孙大圣也要上前""孙大
圣忍不住，轮起铁棒，劈头一下打死"。从头到尾，真假猴王谁
是谁，清清楚楚，中间从来没有更换过名字，也没有任何更换过
的暗示，何以就硬说后来死的这个才是真悟空？

网上一些不靠谱的证据

网上还有一些所谓证据，其实仔细分析起来都是不靠谱的，
甚至是故意造谣。这里只从随处可见的网页上摘几段，比如：

> 孙悟空的师父是菩提祖师，菩提祖师何许人？《封
> 神榜》上有个线索，就是混鲲祖师的徒弟，而恰巧，混

鲲祖师弟子无数，而让他最得意的两大弟子，便是如来（又名接引道人）和菩提祖师（又名准提道人）。

这就是纯造谣，没有一点根据！《封神榜》是《封神演义》吗？《封神演义》里，就没有一个混鲲祖师！这不知谁硬造的谣，居然还有人信！再说，孙悟空师父的全名也不是菩提祖师啊，而是须菩提祖师。须菩提是佛祖的大弟子，而不是佛祖的师弟。

再比如蒙混过关类的说法：

> 《西游记》里曾经记载，孙悟空在大闹天宫之后，惹了一大堆麻烦，只好跟着唐僧西天取经，遇到困难，回去找他师父菩提祖师的时候，菩提祖师早已不见踪影，只是和孙悟空隔空说话，并不见面。

这就是偷着拿 1986 版电视剧《西游记》蒙大伙了！欺负多数人没看过原著。原著里自从孙悟空学艺回到花果山之后，须菩提祖师就再也没有出现过！所谓的和孙悟空"隔空对话"，那是 1986 版电视剧《西游记》第九集《偷吃人参果》里演的，和原著没有半点关系！

还有混淆视听类的：

> 地藏王菩萨何许人啊，是佛教四大菩萨之首，与观音、文殊、普贤齐名，可见此人厉害。既然有这么厉害的佛门中人在此，难道"谛听"还担心这两泼猴会闹了地府不成？

这就是把实际佛教中的地藏王菩萨和《西游记》里的地藏王菩萨故意搞混了。休要忘了！孙悟空刚学艺回来，就被勾了魂魄去，闹了地府，不仅打了一场，还把自己的名字销了。地藏王菩萨号称"吾观地藏威神力，恒河沙劫说难尽，见闻瞻礼一念间，利益人天无量事"，何以就当了缩头乌龟？除了给玉帝上奏章，请求捉拿外，不是也无可奈何吗？其原因，我在前面反复说了，《西游记》里的佛教道教呈现出的是民间信仰的面目，不能跟实际中的佛道二教画等号。

再举个断章取义的例子：

> 六耳猕猴是"知前后，万物皆明"。很厉害吧，竟然知道过去和未来发生的一切事。这是一个很大的破绽！！！既然六耳猕猴知道他的未来将要被如来制服，被孙悟空一棒打死，他为什么还要和孙悟空到如来处辩真假，那不是自讨苦吃吗？

其实这还是在犯糊涂。首先，所谓"知前后，万物皆明"，只是那么一说而已，表示他比较通灵，至于通灵的程度就不好说了，并不能等同于"竟然知道过去和未来发生的一切事"。倘若真的按字眼抠，六耳猕猴"知前后"就是普会周天之事，"万物皆明"就是广会周天之物，好家伙，这就是佛祖啊！要知道菩萨们还只能普会周天之事，不能广会周天之物呢。真的这么抠，火焰山的土地还说牛魔王"法力无边"呢，既然"无边"，怎么还会被制服？所以这些话绝不能照死去理解，一认真你就输了。

况且，就算六耳猕猴真知道未来发生的一切事，也不妨碍他被打死。说得好像只要知道未来，就可以规避一样，其实动动脑子就知道：实际上正好相反！预见到了未来，那一定不能规避！实际上这些预知未来的智慧，凡人也不是一点没有。就比如我们知道今天太阳一定要落山，难道我可以有办法让太阳不落吗？知道我们几十年后会死，难道就可以想办法不死吗？假如知道自己一定会死，那就想办法规避，假如规避成功了，结果不就成了没死了吗？这就不对了呀：实际发生的和预测到的不一致，这怎么能叫"知前后"呢？这反倒是"不知前后"了嘛。如果说预测到的只是概率，那还是"不知前后"呀（这个问题的讨论，见沈括《梦溪笔谈·神奇》）。所以说，六耳猕猴是真知未来还是假知未来，根本不影响他接下来做的任何事！他就算真知道未来，那也只是明明白白地去死而已。

所以说，网上这个"孙悟空其实已经死在取经途中"的梗，一是编造谣言，二是偷天换日，三是断章取义，连蒙带猜带造谣地骗人。骗的是什么人呢？就是那些既不读《西游记》原著，也不读《封神演义》，只看电视剧的人。当然，我相信，这个说法的本意只是娱乐，可是拿这当真相，那就实在是太轻信了！

从六耳猕猴到十八耳猕猴

真假孙悟空的故事，作者寄寓了很深的含义，所以前文后的提示也是最多的。

六耳猕猴出现之前，作者就点出了这一段故事的缘起：

孙大圣有不睦之心，八戒、沙僧亦有嫉妒之意，师徒都面是背非。

然后，六耳猕猴就出现了。围绕着这个故事，前前后后还有许多提示：

心有凶狂丹不熟，神无定位道难成。（第五十六回）

心乱神昏诸病作，形衰精败道元倾。（第五十七回）

二心搅乱大乾坤，一体难修真寂灭。（第五十八回回目）

三藏遵菩萨教旨，收了行者，与八戒、沙僧剪断二心，锁拢猿马，同心勠力，赶奔西天。（第五十九回）

尤其是在第五十七回赶走孙悟空后，有一句诗"只待心猿复进关"，第五十八回回末，孙悟空归来，立即就有一句照应，"神归心舍禅方定"。

这说得很明白：真心散乱，生出心魔。二心就是心魔所化。甚至孙悟空自己也说：

> 望阴君与我查看生死簿，见"假行者"是何出身，快早追他魂魄，免教二心沌乱。

如来对这件事的评价也是这样的：

> 如来降天花普散缤纷，即离宝座，对大众道："汝等俱是一心，且看二心竞斗而来也。"

真假孙悟空打上西天时，有一首七律，头两句是：

> 人有二心生祸灾，天涯海角致疑猜。

"二心"首先是一个常用词，其次，还是一个佛教术语，指真心与妄心（有时也指定心和散心）：真心，即真实之心；妄心，指妄想分别之心（见《楞严经》卷一）。这些提示、旁白，其实都明明确确地解释了，六耳猕猴其实就是孙悟空妄心变化出来的真实形象。孙悟空和六耳猕猴的争斗，就是一个人内心两种势力的争斗。所以这个六耳猕猴，和孙悟空形象一样、本领一样。孙悟空其实是在和自己内心的阴暗面作战。

唐僧代领导们受难了

孙悟空对唐僧有怨气，这种心理，就化作了六耳猕猴，变作孙悟空的模样出现在唐僧面前，给他送水：

> 行者道："无我你去不得西天也。"三藏道："去得去不得，不干你事。泼猢狲，只管来缠我做甚？"那行者变了脸，发怒生嗔，喝骂长老道："你这个狠心的泼秃，十分贱我！"轮铁棒，丢了磁杯，望长老脊背上砑了一下。那长老昏晕在地，不能言语，被他把两个青毡包袱，提在手中，驾筋斗云，不知去向。

"狠心的泼秃，十分贱我"，其实就是孙悟空内心想骂的。但他本人面对唐僧，出于师徒情分和基本的善恶，是骂不出这句话的。所以，只能借六耳猕猴的嘴来骂。这句话，不但是孙悟空骂过唐僧，恐怕在许多下属内心里，都这样暗暗骂过领导。

不信只要在网上一搜"弄死领导"，保证出来一大堆网页。当然不是真的要把领导弄死，而是宣泄一种情绪。《西游记》的高明之处，是把只能感受的情绪赋予了具体的形象，写成了真实的故事。

公司里、单位里，被领导虐了之后，一般就是下面几种应对策略：

祝你明天全家倒霉。

默念十遍大傻叉。

我用眼神杀死你!

这个"我用眼神杀死你!"如果演出来,和六耳猕猴向唐僧背上打了一棍子,其实是差不多的剧情。所以诸位大大小小的领导们注意了,你们在下属心里,不知道死过多少次了,早该谢过不杀之恩才是。唐僧挨的这一棍子,是代你们受了难了!

据说很多公司设了"宣泄室",里面放上硅胶人,头像从老板到中层领导一应俱全。员工被批了之后,就到"宣泄室"里把这些"领导"狠揍一番,气消了,就可以安心工作了。这个办法,据说是从日本学来的。这其实也是善意引导员工的心理,让员工把自己心中的那只六耳猕猴释放出来。假如西天路上也有个硅胶人代替唐僧的话,六耳猕猴兴许就不会出现了!

六耳猕猴的悲哀

六耳猕猴的台词看似不少,其实大部分都是在 copy 孙悟空的话。但唯有一段文字,是六耳猕猴自己的话,就是沙和尚找到水帘洞,六耳猕猴正在那念的关文:

只听得一派喧声,见那山中无数猴精,滔滔乱嚷。沙僧又近前仔细再看,原来是孙行者高坐石台之上,双手扯着一张纸,朗朗地念道:

"东土大唐王皇帝李,驾前敕命御弟圣僧陈玄奘法师……自别大国以来,经度诸邦,中途收得大徒弟孙悟空行者,二徒弟猪悟能八戒,三徒弟沙悟净和尚。"

念了从头又念。沙僧听得是通关文牒,止不住近前

厉声高叫：“师兄，师父的关文你念他怎的？”那行者闻

言，急抬头，不认得是沙僧，叫：“拿来！拿来！”

奇怪了，六耳猕猴干什么不行？非在那念关文？

其实这段描写，可以说是神来之笔！细读之下才发现，这故

事很悲凉！

用今天的话来说，六耳猕猴在不停地刷存在感，无助地刷存

在感。

关文在《西游记》里是有特殊含义的，它是取经队伍合法性

的一个象征。没有它，没有盖上沿途各国的玉玺，就寸步难行。

其实，六耳猕猴只要抢到手也就罢了，何必要一遍一遍地念，非

得背下来？今天我们出国，难道要把护照上的内容背下来吗？

六耳猕猴这样做，反倒显出了他内心的空虚。他自己是假

的，变的其他师徒三人也是假的，只有手里的关文是真的。他抓

不到别的，依傍不上别的，只能一遍一遍地摩挲这件真东西，只

有重复这关文，才能给他心灵的安慰。

六耳猕猴已经是妄心的化身了，难道还需要安慰？

不错，其实只有真心、善心不需要安慰！一切正面的东西不

需要安慰。因为至真至善，所以至刚至强！世界上所有假的、恶

的、丑的，反倒需要安慰。

佛教最可怜的人在地狱，人间最可怜的人在监狱。坏人、恶

人，反倒更需要慈悲的怜悯和教化。

如果你不给他们安慰呢？放心，他们会自己找安慰！

呜呼，设身处地替这些假恶丑的心灵想一想，这是何等地寂

寞，何等地悲哀！

这又好像《天龙八部》里的慕容复。他时刻想恢复大燕国，其实大燕都灭国多少年了，就算恢复了，也不过是"伪朝"。他身上时刻揣一张《大燕皇帝世系谱表》，这谱表，其实相当于六耳猕猴的关文，只有这个，才能证明他的合法性。他挂在口头上的，所谓他是慕容皇族的后裔。与其说合法，还不如说是虚弱。这谱表，与其说是证明，不如说是安慰！

所以慕容复最后发了疯。《天龙八部》的最后，"只见慕容复坐在一座土坟之上，头戴高高的纸冠，神色俨然。七八名乡下小儿跪在坟前，乱七八糟地嚷道：愿吾皇万岁，万岁，万万岁！"

慕容复武功高强，气质高贵，除了心魔，几乎可称完美。但不幸的正是，他丢掉了所有的东西，只剩下了心魔，于是就变成了那个样子。六耳猕猴，也正是孙悟空心魔的化身！

你见过十二耳猕猴吗？

《西游记》写了真假孙悟空，所以好像是多了不起的名著。其实这个写法我们每个人都熟悉，甚至每个人的小学作文里都写过，这就是"两个小人打架"：但凡遇到一件矛盾的事，一个代表光明的小人说，我们这么办吧；另一个代表黑暗的小人说，我们那么办吧。于是经历了激烈的思想斗争，最终，光明战胜了黑暗，于是"我"又意气风发、昂首挺胸了！

这个故事，看似和《西游记》里的真假孙悟空完全一样，其实仔细分析一下，是完全不一样的！

熟悉艺术的朋友都知道木心先生，他不但艺术成就极高，文章也好。他有一篇特别好玩的文章，就叫《两个小人在打架》。

里面写了一个学校语文教研组的故事：

> 也不知何年何月肇始，学生凡作文，叙事说理，都有两种思想在那里起伏搏斗，一是消极的，为私的，另一积极的，为公的，宛如太极图，黑白分明地周旋。例如，傍晚放学回家路上拾到了钱包（那包中的钱，往往多得可观或惊人），如果动用了这笔现钞，母亲的病可以得到治疗，外婆家的漏屋可以迅速修好，弟弟可以添件新的棉大衣，"我"的球鞋早该换了……当此际，一个接一个的英雄烈士模范，恍若天神下凡，光灿灿地绕着"我"打转，使"我"懂得了许许多多刚才似乎是全然不知的道理，那"我"自言自语：这钱包关系着失主全家的幸福，关系着某个工厂某个矿山的建设，关系着国家的兴旺，全世界人民……于是"我"决然历尽艰辛，物归原主，那惶急得正要自杀的失主紧紧攥住"我"的手，眼泪直流，连声问"我"姓甚名什么，"我"无论如何不说，只留下一句："这是我应该做的。"然后拔腿就跑，也顾不得那双旧鞋子快穿了底。

别人的钱当然不能据为己有，捡了钱包企图据为己有的"小人"，其实就是真孙悟空的妄心六耳猕猴。可是这个想起了无数革命先烈、代表光明前来开战的"小人"，就是真孙悟空吗？错了！这是六耳猕猴的山寨品：十二耳猕猴！

于是，一位新来的语文老师赵世隆，试图改变这种文风，结果发现，就算命题是"秋郊一日游""我的家庭"这样的作文，学生交来的还是两个小人在打架的内容。赵老师终于发现：学生们是受了一种道德上的愚弄，只会说假话，不会说真话！

我们小时候都写过心里两个小人斗争的作文。袭来的是比六耳猕猴更深的悲哀——在这种无聊透顶的中小学作文里，真心早已消失得一干二净了！

你见过十八耳猕猴吗？

光明小人战胜黑暗小人，这种文章，今天的语文课上越来越少了。

然而，真假孙悟空的交锋，依然没有停止。

大约十年前出现了另一种声音——当媒体上出现了正面的报道，下面无不是一片乱骂的声音：

大学生志愿者英勇献身——作秀作死了！

见义勇为女孩被某高校录取——校长爽了。

基层干警翻车殉职——今晚加个菜。

……

这些没事儿乱喷的言论，和被领导虐了的反感，是完完全全的两回事。与其说这代表了一部分的民意，不如说代表了对那些曾经虚伪的崇高宣传的反感。然而这种反感，并没有把人拉回真诚，反倒在虚伪上又多走了一步，变成了粗鄙、反智和暴戾。

所以，从真孙悟空开始的几百年来，我们姿态优雅、线条流畅地沉沦着，画出了一条平滑的曲线：真诚生出了妄心，妄心生出了虚伪，虚伪生出了粗鄙、暴戾和无所顾忌。网上的各种造谣、各种乱喷，其心理都是一样的：我对主流的虚伪不满，但又无能为力。所以，有头脑的造谣和没头脑的乱喷，无不是建立在当今社会的粗鄙和无所顾忌之上的！这哪是六耳猕猴，这明明是十八耳猕猴！

好吧，这篇文章的原文是六年前写的。如今，我似乎已经看到了二十四耳猕猴的样子。

"六耳"的含义

"六耳"这个词，最早见于《景德传灯录》的一个著名公案。

洪州泐潭法会禅师问马祖："什么是（达摩）祖师西来的意旨？"马祖说："低声，近前来，我和你说。"法会禅师便近前。马祖啪地打了法会禅师一个耳光，说："六耳不同谋，且去，明天再来。"第二天法会禅师独入法堂，说："请师父说吧。"马祖说："且去，待老衲上堂时（指禅师上法堂公开说法），你出来问，与汝证明（分证明白，使之参悟）。"师忽有省，遂曰："谢大众证明。"乃绕法堂一匝，便去。

有人认为这个"六耳不同谋"，指禅机隐秘，不便与外人直说。我认为不是这样。第一，禅宗的话头都是可以公开参悟的。第二，法会禅师已经"低声近前"，并不存在别人偷听的可能。第三，第二天法会禅师独自去见马祖，马祖反倒并没有和他讲法，说："待老衲上堂时，你出来问，与汝证明。"让他当着大众问，才肯与他说。那这到底是要公开，还是不公开？

所以，公开不公开，并没有关系。这里的"六耳不同谋"，根本不是指有没有实际的外人在场，而是指来求法的人到底有没有妄心！如果有妄心，那虽然是一颗心，也是两颗心，虽然是一个人，也是两个人。如果没有妄心，只是一片真心、定心，那么什么时候传授禅法，都是一样的！

实际上宋代诗人刘子翚已经悟到了这一点。他在一首评论"六耳不同谋"的诗里说："底用趋风防六耳，须知对影已三人。"意思是，何必防止六耳在场呢？须知加上自己的影子就已经是三个人了。这影子，毋宁说是自己妄心的产物。

通过这个公案，似乎可以看出，《西游记》里的六耳猕猴，确确实实是孙悟空的妄心造出来的产物。

为什么芭蕉扇能扇灭火焰山？

《西游记》流传了这么多年，其中的重要人物如孙悟空、唐僧、猪八戒、沙和尚，都是很多文学形象的混合体，很多故事也有不止一个原型，比如火焰山故事。

火类坳和煤田自燃

火焰山故事的第一个原型，应该是早期西游故事，宋代的《大唐三藏取经诗话》（下文简称《取经诗话》）里的"火类坳"。《取经诗话》里火类坳的故事很简单：

> 又忽遇一道野火连天，大生烟焰，行去不得。遂将钵盂一照，叫"天王"一声，当下火灭，七人便过此坳。

经过的方式也简单极了，就是拿着钵盂（在《取经诗话》里这个钵盂是大梵天王给的，不是唐太宗送的）一照，大叫一声"天王"，火就灭了。

在现实中，有没有或者类似火类坳、火焰山的地方呢？

早有学者指出过，西游故事里的火焰山，其中一个原型，很可能是煤田的自燃。新疆地下煤层属于侏罗纪含煤地层，埋藏浅、含硫量高、燃点低，所以特别容易自燃。例如新疆鄯善的煤田自燃，已经烧了几百年。

其实《取经诗话》里，这个地方名字叫火类坳，明显是指地面下洼处而不是在地面隆起的山。"坳"正是煤田的特点。新疆硫黄沟煤田自燃了一百多年，2003年才基本被扑灭。

另外，在今天的新疆真的有一座火焰山。满山又都是红色的石头，太阳一照，热气流上升，远远望去，真的就像着了火一样。而且这里地势低洼，空气干燥，太阳照射的时间长，山上又没有植物，所以热空气聚在一起没法散开。地面温度最高八十九摄氏度，能把鸡蛋烤熟。可以说，这里是中国最热的地方。自古以来，它就叫"火山"，因为位于丝绸之路的要道，非常有名，可以说这也是《西游记》火焰山的另一个来源。

火焰山和芭蕉扇

火焰山的第二个原型，应该来自《山海经》和北魏郦道元的《水经注》。尤其是《山海经》，很有点意思，不妨从远到近看一看。

《西游记》虽然是玄幻题材，但里面很多地名都是有些来历的，例如小鼍龙住的黑水河。

"黑水"这个名字特古老，因为大禹治水就提到了这个名字："导黑水，至于三危，入于南海。"《山海经》也说黑水在昆仑、沙漠附近。但是具体这条黑水在哪里，学界从汉朝就开始讨论，到现在讨论了两千多年，也没有一个确定的结论，说法竟有十三种之多！

我们来翻一翻《山海经》，就会发现一个特别有趣的现象：

《西次四经》之首曰阴山。……阴水出焉，西流注于洛……

又北百八十里，曰号山。其木多漆、棕……端水出焉，而东流注于河。

又北二百二十里，曰盂山。其阴多铁，其阳多铜，其兽多白狼、白虎……

又西二百二十里，曰鸟鼠同穴之山。

西南三百六十里，曰崦嵫之山。其上多丹木……

《山海经》的山系，大致是以中原地区为中心，按照东西南北排的，但这个范围也太大了，所以它在每个方向，都分出许多"次经"，一条"次经"就是一条山系。这里的"西次四经"，就是《西山经》的第四条山系。从《西次四经》多次出现"河"（在我国古代专指黄河）、"渭"（渭河）、"洛"（洛河）等来看，这条山系的走向（当然是作者心目中的走向，未必是实际走向），正是从陕西到甘肃甚至新疆的。

红孩儿住的"号山"，居然在这里出现了！这就是《西次四经》的第八座！（前七座分别是阴山、劳山、罢父山、申山、鸟山、上申山、诸次山）要知道，号山这个山名，很不常见。顶多有什么"大号山"（在河南林州，淇河源头）、"武号山"（在南宁，今名五象岭），直接叫号山的，除了《西游记》外，貌似只有《山海经》一家。

然而事情还没有完，再往西走一走，就到了"鸟鼠同穴山"，所谓的黑水正好在这附近。汉代人注《尚书》《楚辞》都说："三危山在鸟鼠之西，黑水出其南。"这条黑水，貌似周穆王也来过，《穆天子传》也留下了很多黑水的记录（详见汤洪《〈天问〉"黑水"歧说探微》）。

再往西走一走，就到了"崦嵫之山"，这是所谓的日落之山。提到日落之山，我们不免想到在火焰山的时候，猪八戒就提过这个日落之国的话题。这个我们先放一放。《水经注》中，有一条更令人吃惊的记载：

> 崦嵫之山在西海郡北，山有石，赤白色，以两石相打，则水润，打之不已，润尽，则火出，山石皆然（即"燃"），炎（即"焰"，火苗）起数丈，经日不灭。有大黑风，自流沙出，奄（掩，掩盖）之乃灭。其石如初。

这崦嵫之山，岂不就是火焰山的原型吗？《西游记》中扑灭大火的，是铁扇公主芭蕉扇扇出的大风。而这芭蕉扇，书里一再说它是"纯阴宝扇"，是"天地产成的一个灵宝，乃太阴之精叶，故能灭火气。假若搧着人，要飘八万四千里，方息阴风"。《水经注》里的"大黑风"，岂不就是"阴风"的原型吗？

铁扇公主为何会有芭蕉扇？

大黑风是典型的佛教词语，例如《佛说观佛三昧海经》中有：

> 尔时心端自然生一黑毛。于其毛端出大黑风。其风四色随心根起。如旋岚风。状如烟焰。其风遍吹一切诸水。

又如：

> 有大黑风起。应知即是风神之难。(《苏悉地羯罗经》)

那么"旋岚风"又是什么东西呢？"旋岚"，是梵语的音译，又译作"随蓝""毗蓝""毗蓝婆"，是暴风、猛风的意思。这种暴风起时，可以摧毁世界，也可以使世界重生。

注意，"毗蓝婆"的"婆"，是不能和"毗蓝"两个字分开的！就像湿婆、提婆，并不是两个老太婆。据佛经，她是十罗刹女之一。罗刹，是食人鬼的总名。其中的女性，称为罗刹女。也就是说，罗刹女也不是一个鬼神的名字，而是通名。佛经有守卫《法华经》的十大罗刹女，第二位名为毗蓝婆。

她的形象，据《法华十罗刹法》是：

> 形如龙王，如圆满月也。如向大海。右手把风云。
> 左手把念珠也。衣色碧绿也。面色白，前立镜台也。

这位名叫毗蓝婆的罗刹女是管风的风神，是没有任何问题的。

但奇怪的是，《西游记》只管铁扇公主叫罗刹女，并未说明她是哪个罗刹女。而在黄花观蜈蚣精那一回，又有一个毗蓝婆。但为什么这个毗蓝婆不但不管风，反倒把管风的业务交给了铁扇公主，自己却跑到紫云山千花洞当了昴日星官的母亲？此处非常费解，但现有资料十分匮乏，这个问题很难解释，我只能暂时开一个小脑洞，供各位填补：

据《大楼炭经》记载，大黑风是生成宇宙的动力。宇宙坏灭之后，经过长期的沉寂，就会有大黑风吹起，吹开海水，将沉在海底的太阳托起，放在日道上，从此太阳才会沿着轨道运行。原文是：

> 法当有大黑风起。吹入大海水深三百三十六万里。取日月大城郭。上须弥山边。百六十八万里。着日月城郭道中。用是因缘。天下有日月也。

另一部佛教经典《长阿含经》是这样写的：

> 其后久久，有大黑风暴起，海水深八万四千由旬，吹使两披。取日宫殿置于须弥山半。去地四万二千由旬，安日道中。

这里的"日月城郭"或"日宫殿"，指的就是佛教的"日宫"，即日天子的宫殿。至于前面说三百三十六万里，后面说八万四千由旬，按一由旬折合四十里算，两者恰好相等。佛教认为世界的中心是须弥山，须弥山"出水上高八万四千由旬。入水亦深八万四千由旬"。这一阵大黑风就等于吹到底了。这其实也是《西游记》里芭蕉扇扇人一下，要飘"八万四千里"的文献来源。

所以我们不妨认为，《西游记》里说毗蓝婆是昴日星官的母亲，似乎是取材于佛教创纪神话中大黑风托起太阳，使之回归轨道，使太阳重生的故事。这点也好理解，因为在我们中国神话中，太阳的母亲是羲和，她的作用，一是给太阳洗澡，二是给太阳驾车。这和大黑风吹开海水，将太阳安置到轨道上的故事岂不相似？羲和的太阳宝宝是十个，而《大楼炭经》等佛教创世神话里，大黑风的太阳宝宝是七个。一个妈咪多个宝宝，这个情节也是很相似的。

至于为何毗蓝婆是母鸡，那当然是跟着儿子昴日鸡来的。二十八宿里其他三个日（房日兔、星日马、虚日鼠）和太阳都没有直接关系，只有鸡叫就日出，昴日鸡和太阳最相关，也最容易编到故事里，所以其他三个日默默无闻。《西游记》根据剧情需要，把"毗蓝婆"拆分成两个形象，第一，毗蓝婆管风的功能给了铁扇公主，但铁扇公主仍然保留了罗刹女的名字。第二，毗蓝婆这个名字，连同和太阳有关的功能，就一起变作了老母鸡。又因为毗蓝婆的"婆"字，看起来特别像老婆婆，那就更坐实了她老太婆的形象、老母鸡的身份！

毗蓝婆一分为二的经历，和毗沙门天王一分为二的经历很相似。毗沙门天是佛国北方的天神，毗沙门天的"门"字本来是梵语的音译，老百姓不知道，以为毗沙门是天宫的北门，于是毗沙门天王就成了天宫北门的天王。谁知毗沙门天王又和李靖相混，发展到最后，一个天王分出两个形象：李靖独立成为"托塔李天王"，但下属和功能是毗沙门天王的；原来那个毗沙门天王，孤零零地镇守天宫的北门。

这里多扯一句，《西游记杂剧》里写"孟婆是我教成，风神是我正果，我和骊山老母是姊妹两个，我通风，他通火"。骊山老母通火没有问题，因为宋代的画家李成有幅画《骊山老姥赐李密火星剑图》，说明至少在五代到宋初的时候，人们就认为骊山老母和火有关了。

另外两把芭蕉扇

《西游记》里还有两把芭蕉扇。这两把都是太上老君的。其中一把，在降伏青牛精的时候出现过，听起来是一件很厉害的法宝，比金刚琢还厉害：

> 老君道："我那金刚琢，乃是我过函关化胡之器，自幼炼成之宝。凭你甚么兵器，水火，俱莫能近他。若偷去我的芭蕉扇儿，连我也不能奈他何矣。"

然后太上老君带着芭蕉扇，和孙悟空下界降妖了。

> 老君念个咒语，将扇子搧了一下。那怪将圈子丢来，被老君一把接住；又一搧，那怪物力软筋麻，现了本相，原来是一只青牛。

太上老君为什么拿扇子？这个问题，我请教过中道协的李诚夏道长。李道长说，道教认为：三清，分别是"道"的三个状态。元始天尊手持的珠，又称"黍米之珠"，代表本初的道。灵宝天尊手持的"三宝玉如意"，代表混沌状态。而太上老君手持的宝扇，代表太极初判阴阳。这把"太极扇"，有时候画着阴阳符号，有时候画着日月。

我发现这三样东西，在道经中都可以找到出处。

一、黍米之珠

元始天尊手拿的这个珠子很有名，《太上洞玄灵宝无量度人上品妙经》（下文简称《度人经》）里就有：

> 于是元始悬一宝珠，大如黍米，在空玄之中，去地五丈。元始登引天真大神、上圣高尊、妙行真人、十方无极至真大神、无鞅数众，俱入宝珠之中。天人仰看，唯见勃勃从珠口中入。既入珠口，不知所在。国人廓散，地还平正，无复欹陷。元始即于宝珠之内，说经都竟……

也就是说在《度人经》里，这颗黍米之珠有点像一间大教室，众人缕缕地进去，听完课后缕缕出来。

二、三宝玉如意

灵宝天尊手拿的"三宝玉如意"，记载倒是很少，只有一部经典《太上洞玄灵宝智慧定志通微经》，讲灵宝天尊无量劫前曾做过一信道居士，名叫乐净信，三代奉道，有个儿子名叫法解。乐净信死后，家中穷困，法解宁可卖儿卖女，也要供养道士。于是感动上天，于梦中赐予法解一柄"真材如意"，于是家中充满了金银珠宝。看来这柄如意还具有招财进宝的功能！

三、太极扇

太上老君的这柄扇子也出自《度人经》：

> 太上老君天颜微笑，举五明宝扇，抚红霄金光明之几，重告大众曰："道出而为神，神化而为气，气者，未有天地阴阳之先……"

另外，元代赵道一的《历世真仙体道通鉴》中的《张天师》

也提到了太上老君喜欢拿扇子：

> 车中一神人，容仪若冰玉。手执五明宝扇，项负八
> 景圆光，身六丈余，神光照人，不可正视。车前一人，
> 敕真人曰："子勿怖，即太上老君也。"

唐末杜光庭《历代崇道记》记载，唐肃宗至德二载（757）
立于通化郡云龙岩的老君像：

> 立于山前，自地接天，通身白衣，左手垂下，右手
> 执五明之扇，仪相炳然。

这黍米之珠、三宝玉如意、太极扇，本来都是道经里的，道
教赋予了它们神圣的意义。太上老君不离手的就是这把扇子，当
然，《西游记》将其写成一件厉害的法器了。

至于金角大王那把，也是来自太上老君的，也叫芭蕉扇，但
显然和降伏青牛精的那把不太一样。它的功能只是平地扇出火
来。其实这把芭蕉扇还是来源于太上老君的太极扇，只因为金角
银角故事，很可能和青牛精故事不是一个人写的（详情参见侯会
《"莲花洞"故事之晚起》），所以法宝的设定就不一样了！

谁是牛魔王的真爱？

牛魔王（李云中　绘）

　　周星驰《大话西游》里的牛魔王，强抢紫霞，要纳她做妾，一出场就带着霸气。这种霸气，恐怕是大多数人对牛魔王的印象。其实细读《西游记》原著，就会有许多新的认识。

《西游记》原著里的牛魔王，自己有家，有铁扇公主，他又跑到积雷山找了个玉面公主。很多朋友误以为他是"包小三"，贪图玉面狐狸的美色。其实牛魔王是跑去吃软饭的！这在原著里很清楚：

> （火焰山的土地说）"那公主有百万家私，无人掌管；二年前，访着牛魔王神通广大，情愿倒陪家私，招赘为夫。那牛王弃了罗刹，久不回顾。"
>
> 女子道："我因父母无依，招你护身养命。江湖中说你是条好汉，你原来是个惧内的慵夫！"

玉面公主招牛魔王过去，是为了有个神通广大的男人来掌管"百万家私"，是有意为之的，还特意寻访过！这里跳出了妖界的情景设定，是比照着人类社会写的。家私无非包括山场、田庄、店铺……需要管理佃户、伙计，交赋税，应付官府。这些事在明代，没有男人来经办是不成的！

明清时兴傍富婆

因为可以吃软饭，所以到有钱人家入赘，就成了明清的一种风气。清代有一部神奇的小说，叫《何典》，里面有一个活鬼，老婆叫雌鬼。活鬼死了，遗产甚多，雌鬼坐产招夫，招来了一个刘打鬼入赘。刘打鬼心里一琢磨：

晓得活鬼是个财主，去做他替身，便是个现成的财主；正是吃他饭，着他衣，住他房子，触他屄（打码，是韵脚，反切为卑衣切），再没有比这个占便宜的了。

这和牛魔王的想法正好一样。雌鬼对丈夫刘打鬼的要求，和玉面狐狸是一样的，"虽不为吃穿两字招你来，也巴望你挡一片风水"，目的是顶门立户。

四川省通江县有一块明代的碑，正反映了牛魔王的这种情况，这是明万历三十四年（1606）四川巡抚颁布的一条禁令：

示谕人等知悉：凡妇人不幸夫亡愿再嫁者，听其自便。不许指以抚子、当差为名，坐业招夫。市棍、乡豪亦不许填房、入赘。

从这条禁令中，可以看出很多好玩的事：

既然有禁令，就说明民间这种事已经形成了风气。但凡形成风气，就不是一厢情愿的事。一方面，从女方说，单身女性有家产，需要人"抚子""当差"，这和玉面公主说招牛魔王来"护身养命"是一回事。另一方面，从男方说，喜欢填房、入赘的，都是地方的市棍、乡豪，说难听点就是地痞光棍、市井无赖——其实在妖界，就是牛魔王这样的人！所以玉面公主"访着牛魔王神通广大"，听起来高大上，照应到人间社会，其实就是能打架，混得开。牛魔王这样的，身高体壮，武艺高强，是很受单身女妖怪欢迎的！所以我们用今天的思路，以为牛魔王"包养"了玉面狐狸，那是完完全全错了！

为了挣钱，牛魔王也蛮拼的

然而牛魔王又不仅仅是吃软饭！

明清时期，但凡吃软饭的男人，都是家里无依无靠，或者嫌前妻穷丑的。像《儒林外史》里的匡超人，先是在没发达的时候入赘郑家，考中后又偷偷入赘到一个大官家里。这部小说里，我最看不上的就是这位匡超人！而牛魔王不是这样，他是明明白白、坦坦荡荡地去吃软饭。

牛魔王自从跟了玉面狐狸之后，除了不回家之外，对铁扇公主绝不是完全冷落。不但不冷落，似乎还不错。因为孙悟空对玉面狐狸提起铁扇公主，玉面狐狸就生气地说：

> 这贱婢，着实无知！牛王自到我家，未及二载，也不知送了他多少珠翠金银，绫罗缎匹；年供柴，月供米，自自在在受用，还不识羞，又来请他怎的？

但凡婚外恋，都是从正妻手里抠钱贴补小三。牛魔王反倒是从玉面狐狸这里倒腾了不少钱，给了铁扇公主。不但有金银、衣服，还有首饰，甚至柴米油盐都往芭蕉洞搬！不但搬，还是定期的！玉面狐狸当然是心疼这笔钱的，不然她和一个陌生人第一句话何必说这个。若不是牛魔王坚持，玉面狐狸怎可能拿一分一毫的家私给芭蕉洞的那个"贱婢"！

要知道，铁扇公主不是没有工作啊。她仗着芭蕉扇，每年去火焰山摇两下扇子，就可以拿到老百姓的花红酒礼，一笔不菲的年薪。何必让牛魔王费心思接济？其实，这就是牛魔王的底薪！说来说去，玉面狐狸再心疼，这笔用来"买住牛王"的钱，她必须得花！既然花了，"贱婢"再来勾搭老公，那就理直气壮开骂！

所以，玉面公主和牛魔王，说爱情、说色欲，都是次要的！不如说是一笔交易。所以孙悟空喝骂玉面公主，就说："你这泼贱，将家私买住牛王，诚然是陪钱嫁汉！"

不说"迷住牛王"，而说"买住牛王"，就清清楚楚地揭示了牛魔王和玉面公主的关系。

从某种角度来说，铁扇公主有收入，牛魔王没收入，毕竟是件没面子的事。牛魔王到玉面狐狸这里是来打工的！他出卖的是神通，收获的是按年按月发放的金银绫罗柴米——他居然不存私房，都送到铁扇公主那里去——真是顾家的人啊！当然，玉面狐狸付出的还有"卑衣切"，这是老牛私吞的。这"卑衣切"在当时的社会共识下，铁扇公主看来是不那么在乎的，算作老牛的私房钱了！

除了底薪，老牛收获的当然还有对狐狸家的控股权。孙悟空假变的牛魔王回到芭蕉洞。全家上下都对牛魔王"敬谨"得不得了，若不是按月往家寄东西，何能如此？

> "牛王"道："夫人久阔。"罗刹道："大王万福。"又云："大王宠幸新婚，抛撇奴家，今日是那阵风儿吹你来的？"大圣笑道："非敢抛撇，只因玉面公主招后，家事繁冗，朋友多顾，是以稽留在外，却也又治得一个家当了。"……"我因图治外产，久别夫人，早晚蒙护守家门，权为酬谢。"

两年后重逢，铁扇公主并没有大吵大闹，只是娇嗔一句而已，足见老牛并不是不顾家。而孙悟空太了解他大哥的心理了，他替牛魔王解释不回家的原因，是"图治外产""又治得一个家当了"。一听这话，铁扇公主那点怨气，立时又消了一半。她起码明白，这外产、这家当，当然指的是老牛对玉面公主家产的控制力，而老牛真没瞒着她！看在外产、家当的分上，且饶过老牛一回！

牛魔王的婚姻形式到底是什么？

单身汉傍富婆无所谓，但牛魔王可是有家室的，为何还能顺理成章地傍富婆？铁扇公主，名义上是正妻，玉面狐狸名义上是妾，然而妻和妾并不见面。牛魔王在外面经营产业，对家里的原配却又不离不弃。这种情况，还不是一般意义的"重婚"。这其实反映了明代的一种社会现象，还有个专门名词，叫"两头大"。

两头大又叫"两头做大"，在明清的商人（尤其是徽商）中格外流行。原配妻子在家里照应一家老小，支持丈夫在外创业。但商人长年在外，总需要有人陪伴，照顾他的起居，于是往往在创业的城市另娶一房。但如果对方是当地富户之女，没有男孩，招赘一个有本事的外地人，双方都是很合算的。

对于这种两头大，明清小说《欢喜冤家》《郑月娥将错就错》《蒋兴哥重会珍珠衫》里都有这样的故事。"三言"里的《杨八老越国奇逢》，其中的杨八老就是"两头大"。他是陕西人，到福建做买卖，当地的一个老太太看他人不错，就要招他为婿，和他说的这段话，非常能代表当时人的心理：

> 杨官人，你千乡万里，出外为客，若没有切己的亲戚，那个知疼着热？如今我女儿年纪又小，正好相配。官人做个两头大：你归家去，有娘子在家；在漳州来时，有我女儿。两边来往，都不寂寞；做生意，也是方便顺溜的。老身又不费你大钱大钞，只是单生一女，要他嫁个好人，日后生男育女，连老身门户都有依靠。就是你家中娘子知道时，料也不嗔怪。多少做客的，娼楼妓馆，使钱撒漫。这还是本分之事。官人须从长计较，休得推阻。

这种现象，谈不上好，也谈不上不好，当时官方称之为"俗例"。法律上虽然禁止"停妻再娶"，但对于民间俗例，除非闹出不可调和的纠纷来，却也尊重。牛魔王这是碰上了好运气，别的商人得混多少年，才能混一个两头大。玉面狐狸家本来就有钱，不需要老牛再创业。这种两头大，老牛当然是乐意干的！

危急时刻，男人本色

一位丈夫对妻子的态度，往往可以在危急时刻判断出来，因为这是他的第一反应，毫无掩饰、思考的时间。所以，我们通过牛魔王在危急时刻对待两位夫人的态度，就可以判断牛魔王心中谁轻谁重了。

玉面狐狸被孙悟空欺负了，跑去向牛魔王告状。可以读读这一段，特别好玩：

牛王满面陪笑道："美人，休得烦恼。有甚话说？"那女子跳天索地，口中骂道："泼魔害杀我也！"牛王笑道："你为甚事骂我？"女子道："我因父母无依，招你护身养命。江湖中说你是条好汉，你原来是个惧内的慵夫！"牛王闻说，将女子抱住道："美人，我有那些不是处，你且慢慢说来，我与你陪礼。"……却与他整容陪礼，温存良久，女子方才息气。魔王却发狠道："美人在上，不敢相瞒。那芭蕉洞虽是僻静，却清幽自在。我山妻自幼修持，也是个得道的女仙……这想是那里来的妖怪，或者假绰名声，至此访我。等我出去看看。"

这一段是什么呢？只要把"美人"两个字换成"亲"，就是淘宝客服和用户在讲话！

【牛魔王】亲，有什么能帮到您的？

【玉面公主】你们害惨我了！

【牛魔王】亲，您详细讲讲好吗？

【玉面公主】我就冲着你售后好，才买的你的服务。你竟然……

【牛魔王】（先发一个可爱表情）亲，实在抱歉，我们有什么不周到，您慢慢讲……（编造理由中）啊，可能是后台发货发错了！

这是夫妻对话吗？这完全是一派交易的口吻好不好！这正是一个出卖劳动，一个购买服务的态度！

但是，同样是被孙悟空欺负了，铁扇公主和牛魔王的对话，却完全不同：

　　牛王高叫："夫人，孙悟空那厢去了？"……罗刹
女扯住牛王，磕头撞脑，口里骂道："泼老天杀的！怎么
这般不谨慎，着那猢狲偷了金睛兽，变作你的模样，到
此骗我！"牛王切齿道："猢狲那厢去了？"罗刹捶着胸
膛骂道："那泼猴赚了我的宝贝，现出原身走了，气杀我
也！"牛王道："夫人保重，勿得心焦。等我赶上猢狲，
夺了宝贝，剥了他皮，剉碎他骨，摆出他的心肝，与你
出气！"

　　老牛真没掉链子！值此追赶孙悟空的紧急时刻，牛魔王先叫
出的居然还是"夫人保重，勿得心焦"，欲拿住孙悟空与她出气，
这就是肯疼媳妇，这才是结发夫妻，这就是铁扇公主满意之处！

　　直到最后，孙悟空率领众神打上门，小小的芭蕉洞风雨飘
摇，就要被踏平之际，夫妻之间竟然还有这样一段对话：

　　罗刹女接扇在手，满眼垂泪道："大王！把这扇子送
与那猢狲，教他退兵去罢。"牛王道："夫人呵，物虽小而
恨则深。你且坐着，等我再和他比并去来！"

　　铁扇公主有情，宁可不要扇子，也要保住丈夫的性命，这
就是疼男人的媳妇；牛魔王有义，宁可单打独斗，也不让夫人亲
身犯险，这就是疼媳妇的男人！要知道，铁扇公主能招架孙悟空
半天之久，扇子也不会白给的，牛魔王竟然不让她参战，有此一
句，可知牛魔王心中，到底重的是结发之情！况且他和孙悟空是

在摩云洞前赌变化的，离老家芭蕉洞好几千里。失败后，老牛投的是芭蕉洞，而不是就近回摩云洞。他明知玉面公主危急，却丝毫不回身救护。摩云洞被捣毁后，从始至终，也不见牛魔王问过一个字。对他而言，玉面公主家不过是一家挣钱的公司而已！

而且，铁扇公主对牛魔王的感情，也是可圈可点啊。她不想老牛再出战，便想送出扇子。直到最后，牛魔王力尽被擒，铁扇公主也不是恨他在外纳妾，带着扇子一走了之，而是跑出来，双手将芭蕉扇献上。可谓夫妻连心，至死不渝！反倒是众天神仍然不放老牛，牵牛归佛。

呜呼！为之歌曰：

浩浩倾盆雨后，
蒙蒙火焰山头。
千年恩爱一时休，
独向芭蕉洞口。

不见铜蹄铁角，
空抛皓齿明眸。
纯阴宝扇近来秋，
只扑流萤入袖。

——调寄《西江月》

八十一难竟是这样凑出来的？

荆棘岭的故事很简单：唐僧被松树精摄到木仙庵，与一群妖精讲了一晚上诗词歌赋，谈禅论道。其中杏树精杏仙要向唐僧求婚，唐僧不答应。然后三个徒弟出现，发现这些妖精都是些树精。荆棘岭虽然是个小故事，却涉及整部书的一个大问题，什么问题呢？

《西游记》原来是九十九回？

明朝有个人叫盛于斯，他说过这样一段话：

> 余幼时读《西游记》，至"清风岭唐僧遇怪，木棉庵三藏谈诗"，心识其为后人之伪笔，遂抹杀之。（《休庵影语》）

什么意思呢？就是说，盛于斯小时候，就觉得吟诗的这一段是后添进去的，就拿毛笔把这一回涂掉了。后来他遇到一个叫周如山的朋友，一讨论才知道，原来《西游记》这部书，是从开封的周王府传出来的。原来只有九十九回，最后一回叫"九九数完归大道，三三行满见真如"。出版的时候因为不是整数，所以又加了一回。

这里就有几个好玩的问题了。要知道，盛于斯生于 1598 年，他说他幼时看《西游记》，给他算十二岁，怎么也得到 1610 年之后了。这个时候，今天我们看到的世德堂本《西游记》早就印出来了。但他看到的版本，明显和我们今天的不一样，比如清风岭这个莫名其妙的地名。这说明即便世德堂本《西游记》流行后，市面上的《西游记》还有好多个版本，里面的故事居然还没有统一。那么，问题来了：

第一，为什么这个早期版本是九十九回？盛于斯说，因为《西游记》天天讲"九九归真"。八十一回又太短，所以就干脆写到九十九回。原版的第九十九回，也就是最后一回，叫"九九数完归大道，三三行满见真如"。

第二，今天我们看到的《西游记》是一百回。但这后加的一回在哪里？盛于斯说"木仙庵三藏谈诗"这一回是后加的。很有可能，因为这一回太特殊了。但也未必，因为今天的第九十九回叫"九九数完魔灭尽，三三行满道归根"，按原来的版本，全书到这里就该结束了。但又多出个一百回"径回东土，五圣成真"，这一回，很可能是从原来的第九十九回拆出来的，一回拆作了两回。这一切，只有找到当时《西游记》的另外一些版本才能确定。

第三，盛于斯看到的《西游记》，就连荆棘岭这一回，都和我们今天的不一样。因为他看到的那一回叫"清风岭唐僧遇怪，木棉庵三藏谈诗"。今天我们看到的《西游记》，是木仙庵，不是木棉庵，这还是小事，关键这个清风岭又是从哪儿冒出来的？唐僧遇到的怪是什么怪？就是指这几个树精，还是指另外一个故事？现在都不好说了。

八十一难有问题

唐僧经历的八十一难，都被护法神记录在案，最后拿出来给菩萨看，这里也有很大的问题。

如果大家拿着绝大多数出版社出版的《西游记》看，保证看不出什么问题。因为这些《西游记》虽然号称是根据世德堂本印的，但它们的八十一难难簿，为了和前面的故事统一，已经修改过了。

今天百回世德堂本《西游记》原来八十一难的样子，其实是这样：

> 出城逢虎第五难。折从落坑第六难。双叉岭上第七难。两界山头第八难……
>
> 救女怪卧僧房六十七难。无底洞遭困六十八难。稀柿拜秽六十九难。花豹迷人七十难。棘林吟咏七十一难。黑河沉没七十二难。灭法国难行七十三难。元夜观灯七十四难。

有问题吗？当然有！这个清单和前面的故事根本对不上！出城逢虎、折从落坑、双叉岭上，难道都指遇到寅将军那次吗？后面刘伯钦又打死一个老虎怎么又不算了？稀柿衕故事、荆棘岭故事，甚至黑水河故事，怎么都跑到无底洞故事后面来了？这些都和今天正文的顺序完全不一样。

为了凑难数也蛮拼的

取经全程其实只有四十几个故事，难数名额却有八十一个。为了把这八十一个空填满，作者把一个故事拆成几难——也是蛮拼的。

例如狮驼国故事，就拆成了四难，"路阻狮驼六十难""怪分三色六十一难""城里遇灾六十二难""请佛收魔六十三难"。好玩的是"怪分三色"，就好比说：从前有座山，山上有个洞，洞里有三个妖精，好了，小朋友们，一难讲完了！

金角银角故事，竟然也拆成了四难，"平顶山逢魔二十四难""山压大圣二十五难""洞中高悬二十六难""盗宝更名二十七难"。洞中高悬居然也算一难？那唐僧每次被妖怪抓去，不是捆就是吊，如果每次都算一难，凑得岂不更快？

车迟国故事，也拆成了三难，"搬运车迟三十四难""大赌输赢三十五难""祛道兴僧三十六难"。大赌输赢里三个国师死后，孙悟空劝了国王两句，就上路了呀，哪里有祛道兴僧？所以，这里要么是硬拆的，要么就是删了一些原有的故事，只是我们今天已经见不到了。

然而有的地方凑得牵强，有的地方又太浪费了！例如打大蟒精，明明是个很好的故事，为什么八十一难里没有？猪八戒开辟荆棘岭，明明也是好故事，开了八百里，不折不扣的一难，和三藏谈诗完全可以算作两难，为什么只列了棘林吟咏一难？在故事少、难数名额多的情况下，这岂不都是浪费的举动？另外那个"稀柿拜秽"，和正文里的开通稀柿衕，好像也不是一回事，不知道这个拜字指什么。

人都不是傻子，在故事少、难数多的情况下，凑难数名目的这位作者，不可能对明明很好的故事视而不见。所以这恐怕是这么回事：《西游记》是历代积累成书的，本来并没有八十一难这个设定。原来的取经故事，看《大唐三藏取经诗话》、元代的《西游记杂剧》就知道，不过二十来个故事。越发展，插进的故事越多，发展到四十几个故事的时候，就有人突发奇想：哎，能不能凑出八十一难来呢？前后数了数，嗯，貌似可行。就东凑西拼，连挪带拆，搞出了八十一难的清单。

肯定是先有正文故事，然后照着它编八十一难清单；绝不可能是先写一个清单，然后照着编正文故事。八十一难清单虽然写定了，《西游记》却没有就此定型，它还在继续积累新的故事。经过一位作者的手，就增加一些故事或减一些故事。古代没有Office、Word，故事正文动了，清单不会自动跟着动。只能是正文改过后，八十一难清单跟着重编一遍。这活其实不轻松。今天我们在 Word 里对八十多个条目逐一修改，尚且嫌烦，更何况古人只能靠手抄，还要先打草稿，捋顺了再誊清。用毛笔写的底稿字大，纸又多，全书将近一百万字，这是多大一堆稿子！通查起来并不轻松。假如作者忘记了，或根本懒得重新编一遍，那就会出现八十一难簿和正文对不上以及好故事白白浪费掉的局面了。大蟒精、荆棘岭两个故事，很可能是这个清单编定之后才插入的，或者是从别的系统的西游故事里挪来的。

世德堂本这个八十一难清单，和正文很多情节对不上，只能证明一点：这个清单是从某个老版本抄过来的！这个八十一难，体现的是老版本的正文故事。所以我经常说，世德堂本《西游记》，在西游故事的发展历程中，既不是开始，也不是结束，只不过恰巧保存下来了而已。如果那个带清风岭妖怪故事的《西游记》保存了下来，四大名著的名头兴许就归它了！所以别说从元到清，这几百年中，不知产生了多少《西游记》；就是所谓吴承恩写《西游记》的这几十年中，市面上也流传着不知多少版本的《西游记》；这些《西游记》之间，也不知存在着多少差异。所以，我们不妨把《西游记》看成是许多内容相似的书的称呼，这些书，也许有百分之九十相似，也许只有百分之五十相似，但总不必看成是一本书的称呼。

有人说，《西游记》是伟大的著作啊，吴承恩是伟大的文学家啊，怎么连统一前后都懒得做？这种想法，是太高看这部作品在当时的文学意义了。《西游记》本来就是通俗小说，用来卖钱的，什么伟大啊、价值啊都是慢慢体现出来的。这种书在当时就像起点中文网的网文一样，随编随卖，做这事的编辑，谁有那么多工夫理顺前后？他就是搬砖来的！

四位树精，诗写成这样就别出来混了

在荆棘岭木仙庵，四位树精和唐僧吟诗作赋、谈禅论道，并不想吃唐僧肉，这在整部《西游记》里是从来没有过的。明朝就有人说了，这一回可能是后加的。其实就算不是后加的，也是拿来凑数的。因为这个故事和取经故事半点关系都没有，从头到尾就是个猜灯谜加赛诗会。

有朋友问这几位树精的诗写得怎么样，实话说吧，不怎么样。放今天勉强看得过，放古代，与文人墨客对比那就是两个字：呵呵。不了解旧体诗词的朋友，还真容易被这几位树精的诗蒙住，以为多么好。

树精没大过错，为啥都被刨了？

先扒一下几位树精的来历。唐僧在土地庙遇到了假扮土地的松树精，松树精把唐僧摄到了木仙庵：

> 却说那老者同鬼使，把长老抬到一座烟霞石屋之前，轻轻放下。与他携手相挽道："圣僧休怕，我等不是歹人，乃荆棘岭十八公是也。因风清月霁之宵，特请你来会友

谈诗，消遣情怀故耳。"

"十八公"，合起来是个"松"字。这原本是个三国的故事：三国时有个吴国人叫丁固，梦见肚子上长出一株松树，对人说："'松'字可拆为'十八公'三字。过十八年，我应当被封为公。"他后来果然做了司徒，司徒是古代重臣，三公之一（梦见肚子上长出松树，十八年后就封为公，那要是梦见槐树……）。

然后其他三个树精陆续出场了，自报家门，一个叫孤直公，一个叫凌空子，一个叫拂云叟，十八公自号劲节，这又是几个谜语。

李白《古风》（其十二）："松柏本孤直，难为桃李颜。"所以柏树精号孤直公。

苏轼《王复秀才所居双桧二首》："凛然相对敢相欺，直干凌空未要奇。"所以桧树精号凌空子。

杜甫《严郑公宅同咏竹》："但令无剪伐，会见拂云长。"所以竹精号拂云叟。

南朝梁诗人范云《咏寒松》诗："凌风知劲节，负雪见贞心。"所以松树精号劲节。

然后他们开始作诗了，各自作诗一首，句句都是关于自己这种树的典故，我们任选一首来看：

> 劲节孤高笑木王，灵椿不似我名扬。山空百丈龙蛇影，泉泌千年琥珀香。解与乾坤生气概，喜因风雨化行藏。衰残自愧无仙骨，惟有苓膏结寿场。

龙蛇是松树的姿态；琥珀是松香的化石；苓膏，即茯苓膏，茯苓是寄生在松树根上的菌类植物。《淮南子·说山训》："千年之松，下有茯苓。"所以这些东西，都是松树的专属标签。

这首诗里哪两句最好呢？其实都能看出来，"解与乾坤生气概，喜因风雨化行藏"。就因为好，所以一定是抄的！这就是《西游记》的规律。这两句抄的是宋王韶《咏裕老庵前老松》诗："解与乾坤生气概，几因风雨长精神。"最后几个字为了押韵，改成"化行藏"了。但是"灵椿不似我名扬"，就是作者自己配的，就是一句大白话。

再看一首：

> 霜姿常喜宿禽王，四绝堂前大器扬。露重珠缨蒙翠盖，风轻石齿碎寒香。长廊夜静吟声细，古殿秋阴淡影藏。元日迎春曾献寿，老来寄傲在山场。

这首诗哪几句最好呢？当然是中间四句："露重珠缨蒙翠盖，风轻石齿碎寒香。长廊夜静吟声细，古殿秋阴淡影藏。"然而正因为好，也一定是抄的。前两句抄的是苏轼《登州孙氏万松堂》："露重珠璎蒙翠盖，风来石齿碎寒江。"后两句是温庭筠的《晋朝柏树》："长廊夜静声疑雨，古殿秋深影胜云。""四绝堂前大器扬""老来寄傲在山场"，两句一下子又落到说书人的水平了！好吧，四绝堂，还勉强用了个典故，知道你是查过书的。湖南长沙道林寺，建有厅堂，珍藏沈传师、裴休（后改为欧阳询）的书法和宋之问、杜甫的诗歌，称为"四绝堂"，堂前有柏树，相传为晋名将陶侃所植。所以这里柏树精要用这个典故吹嘘，可是后面三个字"大器扬"，好不容易绷住的劲又泄没了！

唐僧的诗呢？那就更差了：

> 杖锡西来拜法王，愿求妙典远传扬。金芝三秀诗坛瑞，宝树千花莲蕊香。百尺竿头须进步，十方世界立行藏。修成玉像庄严体，极乐门前是道场。

这里"百尺竿头须进步"是一句常见禅宗话头，暂且不论。剩下的哪句好呢？当然是"金芝三秀诗坛瑞，宝树千花莲蕊香"，于是，好诗必属抄袭的规律再次显灵。这两句抄的是金元好问《赠答普安师》："金芝三秀诗坛瑞，宝树千花佛界春。"剩下的什么"愿求妙典远传扬"这种大白话，才是这位作者的真实水平！

唐僧和四老不仅各抄各的，还互相吹捧。

凌空子吹孤直公："好诗！好诗！真个是月胁天心！"

拂云叟一捧就是三个："三公之诗，高雅清淡，正是放开锦绣之囊。"

唐僧最会说话，一捧就是四个："众仙老之诗，真个是吐凤喷珠，游夏莫赞！"

"月胁天心"，说的是唐朝的顾况，他的诗"穿天心，出月胁"；诗歌清雅，意境高绝。"放开锦绣之囊"，说的是李贺，他有个盛诗的口袋（这两个人历史上当然是在玄奘之后）。"游夏莫赞"，说的是孔子，孔子作《春秋》，文字精审，子游、子夏不能添改一个字。这三句吹捧，一句比一句升级，别说我看不下去，连清朝的黄周星都看不下去了，在后面批了一句：

　　　四操诗虽不佳，然尚能敷衍成章，不似三藏打油。

　　意思就是：都不怎么样！

　　他还批了一句：

　　　概以斧斤从事，不弥觉已甚乎？道人笑曰：此无足
　　怪，乃作歪诗之报耳！

　　意思是说，四位树精也没干什么坏事，为啥通通被砍倒，是
不是太过分了？答曰：没什么奇怪，这就是作歪诗的报应！

　　唯一一首能看的，也就是杏仙写的诗。黄周星给她定的级别
是三等。

　　所以这简直就是《西游记》的规律：一首诗里，总有几句特
别好，几句特别不好。只要看哪句诗好，去查一查，一定是抄来
的。但作者总不能全抄，总得自己配几句。一般律诗中间两联因
为要对仗，比较难写，一头一尾可以凑。所以这位作者一般都是
中间两联别处抄，一头一尾自己配，可这一配就露馅了！因为
这位作者，水平实在太差，硬配几句都配不来。比如给元好问的
"金芝三秀诗坛瑞"前一句配的居然是"愿求妙典远传扬"，太
出戏了……这，这，这水平，能是吴承恩？

吴承恩就这水平？

　　其他的故事呢？也一样啊！有人编过《西游记》诗词鉴赏
辞典之类的东西，把其中的诗摇头晃脑品评一番，然后陶陶然

地称赞：吴承恩啊，好厉害啊，不愧是大文豪啊。这眼光也是醉了……其实他不知道，这些诗里多半是抄来的。

不信我们可以再举几首诗，这是观音菩萨去五庄观救人参果树，作者给配的诗：

> 玉毫金象世难论，正是慈悲救苦尊。过去劫逢无垢佛，至今成得有为身。几生欲海澄清浪，一片心田绝点尘。甘露久经真妙法，管教宝树永长春。

我听过有人评论，哎呀，这诗好啊，"一片心田绝点尘"，形象地描绘出观音菩萨啊。其实这诗抄的是宋朝惟白的《文殊指南图赞》，原本是形容不动优婆夷的。原诗是：

> 夷夷相好世难伦，正是当年个女人。过去劫逢无垢佛，至今成得有为身。几生欲海澄清浪，一片心田绝点尘。求法既云未休歇，朱颜无须惜青春。

这就是把这首诗改了几个看上去和观音菩萨相关的词放上来而已。其实观音菩萨哪里有什么"劫逢无垢佛""欲海"，反正抄得大面上看不出就是了。这是吴承恩手底下的活？

类似的诗还有好多好多。所以我说这位作者只会编故事，并不善于写诗，大概就是个私塾先生水平。非要说《西游记》是吴承恩写的，那是不懂诗的人。吴承恩的水平比这个作者高多了，当时人称赞他：

《明堂》一赋，铿然金石。至于书记碑叙之文，虽不拟古何人，班孟坚、柳子厚之遗也。诗词虽不拟古何人，李太白、辛幼安之遗也。

意思是说吴承恩诗写得像李白、辛弃疾。上文的几首诗有李白、辛弃疾的水平？别逗了。

我们看看吴承恩真正的诗是什么水平：

民灾翻出衣冠中，不为猿鹤为沙虫。坐观宋室用五鬼，不见虞廷诛四凶。野夫有怀多感激，抚事临风三叹息，胸中磨损斩邪刀，欲起平之恨无力！（《〈二郎搜山图歌〉并序》）

十年尘梦绕中泠，今日携壶试一登。醉把花枝歌水调，戏书蕉叶乞山僧。青天月落江蚕出，绀殿鸡鸣海日升。风过下方闻笑语，自惊身在白云层。（《金山寺》）

对比一下就可以知道，在要表现作者诗才的这种场合，如果不是故意装糊涂，把《西游记》的诗当作吴承恩写的，是断断说不过去的。我们翻翻《红楼梦》里各种诗会，曹雪芹替书中人物代写的诗，是个什么水平，就可以知道。单就写诗来说，吴承恩的水平，并不差于曹雪芹。何以《西游记》里的诗就这么差？所以只能说，吴承恩和《西游记》并没有什么关系。退一万步讲，就算有点关系，他也没有参加主要的创作。因为编故事还可以藏拙，写诗却是半点装不出的，一张嘴就能见你的底。

看看老祖宗的水平

荆棘岭故事，其实是一个传统的梗——谐隐精怪故事。情节都一样：一个人遇到一群妖怪，这些妖怪各自赋诗论文，在诗文里像猜谜一样透露出自己的身份，到最后，揭示谜底。我扒过的双叉岭上特处士和寅将军，原型是《宁茵》（出自《太平广记》）里的牛精和虎精，就是这样的。这类故事中最著名的是《东阳夜怪录》。

一个叫成自虚的，在东阳驿碰上了几个人，安智高、卢倚马、朱中正、敬去文、奚锐金、苗介立等。各自吟诗作赋，天亮之后发现安智高是骆驼精（安＝鞍），卢倚马是驴精（盧＋马＝驢），朱中正是牛精（朱字的中间部分是个牛字），敬去文是狗精（敬－文＝苟），奚锐金是鸡精（斗鸡经常戴金属爪子），苗介立是猫精……且看看这些人作的诗，比这四个树精的诗高了不止一个档次：

"拥褐藏名无定踪，流沙千里度衰容。传得南宗心地后，此身应便老双峰。""为有阎浮珍重因，远离西国赴咸秦。自从无力休行道，且作头陀不系身。"（骆驼精）

"舞镜争鸾彩，临场定鹖拳。正思仙仗日，翘首仰楼前。""养斗形如木，迎春质似泥。信如风雨在，何惮迹卑栖。"（鸡精）

这些可谓中规中矩的经典唐诗，关键是，还没有抄，都是作者为这些动物特意配的。

捧杀经典其实是投机

我天天说《西游记》这里不好那里不好。其实今天很多研究《西游记》的人，对好的地方看不到，把不好的地方当成好。有的人，见不到理性的分析，对经典只能说好，不许说不好。

许多研究《西游记》的人，别说写旧体诗，就是最基本的鉴赏眼光也没有，所以判断不出《西游记》里诗的好坏。他们心里，有这样一个极保险的策略：反正《西游记》已经成为全民性的经典，跟着说好总没错；反正吴承恩已经成为公认的作者，跟着吹捧总没错。有些人是真糊涂，有些人是揣着明白装糊涂。于是这也好，那也好，有人研究《西游记》诗词的高超水平，有人研究吴承恩小说的卓越思想。这其实不是研究学问，而是投机学问。对于大众阅读我国的文学经典、理性弘扬我们的优秀传统文化，没有任何好处。

可能有人要反驳我：就算不会写诗，知道这么多典故，也很厉害啊，为什么你就一直说他不行？你写一个看看！其实这是不了解不会写诗的古人，是怎么写诗的。古人有一种神器，它能让不会写诗的人写出诗来，它的名字叫类书。

类书，顾名思义，就是按类编成的书。比如，可以按天、地、人、事、物来编。要写首松树的诗，那就到"物"下面的"植物"类去找"松"这个条目，古往今来各种关于松树的典故、诗词、文章都有。抄一抄，编一编，一首诗就出来了。今天人是"内事不决问百度，外事不决问谷歌"，古人是"内事不决问黄历，外事不决问类书"。一部类书在手，立马显得有学问多了。

清代大型类书《渊鉴类函》中的"松"条

荤段子？揭秘黄眉老佛的"三件套"

小西天里的这位妖怪叫黄眉老佛。法宝是人种袋，手里一根短软狼牙棒，还有一件法宝金铙。他为啥要用这"三件套"呢？山东大学杜贵晨先生有一篇《从"铙"之意象看〈西游记〉作者为泰安或久寓泰安之人》，研究结论说《西游记》作者有可能是山东人。虽然我持保留意见，但这个脑洞开得太妙，不妨说一说。

先说收了孙悟空的那个金铙。

只听得半空中叮当一声，撇下一副金铙，把行者连头带足，合在金铙之内。……却说行者合在金铙里，黑洞洞的，燥得满身流汗……行者道："我那师父，不听我劝解，就弄死他也不亏！但只你等怎么快作法将这铙钹掀开，放我出来，再作处治。这里面不通光亮，满身暴燥，却不闷杀我也？"众神真个掀铙，就如长就的一般，莫想揭得分毫。金头揭谛道："大圣，这铙钹不知是件甚么宝贝，连上带下，合成一块。小神力薄，不能掀动。"……那钹口倒也不象金铸的，好似皮肉长成的……四下里更无一丝拔缝。

铙和钹，都是打击乐器，分两片，唯一的区别就是铙中间隆起的部分小一点，都是一类东西，一般连着说。

黄眉老佛这口铙钹，一是能将人"化为脓血"，二是黑暗燥热，三是"就如长就的一般""好似皮肉长成的"。

铙钹到底是什么？

我们翻翻《水浒传》，就能发现书里也有钹，但这个钹，肯定不是敲的钹。裴如海和潘巧云通奸，找了一个头陀通风报信。拼命三郎石秀想杀裴如海，就在杨雄家附近巡查，抓住了头陀，一逼问，头陀说：

> 海阇黎和潘公女儿有染，每夜来往。教我只看后门头有香桌儿为号，唤他入钹；五更里却教我来敲木鱼叫佛，唤他出钹。

原来钹是可进可出的！晚上裴如海找潘巧云去了，就叫"入钹"；早晨起来，就叫"出钹"……

一个例子不行还有其他例子，比如《金瓶梅》第五十七回：

> 尼姑生来头皮光，拖了和尚夜夜忙。三个光头好像师父、师兄并师弟，只是铙钹原何在里床？

铙钹是两个薄片，能合在一起，又是"皮肉长成的"，结合起来想一想，就知道是人体的什么东西了！

另外两件法宝

　　如果说这个金铙是牵强附会的话，黄眉老佛还有两样法宝，一个是短软狼牙棒，一个是人种袋。这又短又软的狼牙棒和人种袋，他不离身地带着，因为这两件东西……都是属于男人的。

　　人种袋，《西游记》里据弥勒佛说，又叫后天袋。而且，只要被装了，"骨软筋麻，皮肤皱皱"，这也怪了，孙悟空被装进瓶子好几回，并不皱皱，就连被那个金铙装了，也不皱皱，怎么着这些神仙被人种袋装了，就皱皱起来？骨软筋麻，也容易起联想啊……人种袋究竟是什么东西呢？"男女媾精，始有人种"（《夜雨秋灯录》），按内丹术的说法，精，分先天精和后天精。而后天精平时装在哪里呢？

　　其实，这种对性器官的神化，《西游记》还真不是独一份，而且是国际性的。例如日本高畑勋导演的《平成狸合战》，鹤龟和尚就传授给公狸子们一项变化自己肾囊的法术。鹤龟和尚说这个红色毯子（肾囊），"变大后有八张榻榻米大"，能放下许多狸子，其实和人种袋有异曲同工之妙。狸子们后来学会了变化也是这样：当当当……狸子的睾丸啊，乘着风，随处飘扬……

　　《西游记》里的荤段子，并不止这一个。北师大的李小龙先生还指出：红孩儿有两个小妖，叫"兴烘掀"和"掀烘兴"。但这是什么意思呢？《蜃楼志》第十七回俗曲：

　　　　和尚尼姑睡一床，掀烘六十四干他娘。一个小沙弥
　　走来，揭起帐子忙问道："男师父、女师父，搭故个小师

父，你三家头来哩做啥法事？"和尚说："我们是水陆兼
行做道场。"

《蜃楼志》的作者是广东人，粤语中"掀烘"的意思，其实
这也是干那个事儿的意思。"掀烘兴"就是掀烘的兴致。

为什么《西游记》里有这么多荤段子？这也好理解，因为它本
来就是一部通俗小说，说书人加点荤段子进去吸引听众，大伙儿就
这么一听一乐。不过黄眉怪这三件法宝，设计得可真够巧妙！

小西天在哪里

书里师徒四人走近小西天的时候，有这样一段描述：

> 正行之间，忽见一座高山，远望着与天相接。三藏
> 扬鞭指道："悟空，那座山也不知有多少高，可便似接着
> 青天，透冲碧汉。"行者道："古诗不云'只有天在上，更
> 无山与齐'，岂有接天之理！"八戒道："若不接天，如何
> 把昆仑山号为'天柱'？"

《西游记》虽然多处写山很高，多数是虚写，但师徒这样具
体地谈论这山如此之高，却少见。还提到了"天柱"，这是很值
得注意的一段话。不得不使我们想起，实际的地理中，是有小西
天这个称呼的！

小西天，这个地方在西藏附近。和小西天相对的就是大西
天，大西天指印度。小西天是哪里呢？

据清代的《时务通考》，小西天是这么一个地方："白木戎……其地，称为小西天，东与朱巴连界，南至大西天盆乌子，西至白布，北至后藏日盖子。"东边的朱巴实际就是竺巴（帕木竹巴），今天的不丹。白布就是廓尔喀国（尼泊尔）。北邻的这个日盖子，当然就是日喀则的另一种译法。南边的盆乌子，又叫乌德，"西藏称为盆乌子，在东印度北境，与尼泊尔为邻，力不敌英，降为属国，都城曰卢各脑，所属通商之地曰非萨巴尔，曰几拉巴，曰巴来支，曰丹达"（《瀛寰志略》），这个卢各脑，其实就是今天印度的勒克瑙。当然勒克瑙更靠西。大体来说，盆乌子指的就是印度东北部和尼泊尔临界的这片地方。这是没有问题的。

那么这片地方是哪里呢？似乎就是今天的锡金，古代叫哲孟雄。《西藏图考》也说："哲孟雄……北境有白木戎。"在明清时期，人们如果从西藏到印度，必须先到小西天，再到孟加拉，再到大西天。这正是喜马拉雅山脉，西边不远，就是世界最高峰珠穆朗玛。师徒三人遇到黄眉怪前，面对高山讨论的昆仑、天柱，似乎不能说没有一点关系。

李蒻菴的一篇游记，也提到了小西天：

> 小西天佛国，屋宇以竹为之，所居面雪山，山长一千六百里，皆雪。四时不消，惟摩尼佛打坐石广数丈，无雪，以石旁草生为春、枯为冬记年。老幼男妇皆名佛，衣皮食肉饮血，晨起诵《心经》毕，向南跪拜，愿生南方极乐世界，予康熙壬寅度此。（明末清初来集之《倘湖樵书》卷八"求生西方"引）

网上有篇文章说锡金附近的大吉岭，"扇形的稻米梯田延伸到了朦胧的天边，竹楼和鲜花密布的森林，令我惊叹"。哪位去过的朋友，求验证。

为什么锡金一带有小西天这个名字？我不是研究地理的，不是很清楚，但推测原因会不会是这样，小西天是中土人的说法，本地人只叫白木戎或拜木戎（当然还有别的称呼，这里只取一个）。经西藏到印度朝圣的人，经过艰苦跋涉，翻过雪山之后，眼前忽然现出一片宽敞沃土，一定觉得离目的地不远了，印度叫大西天，所以就管这个地方叫小西天，但实际上还远得很！这和唐僧他们翻过荆棘岭，眼前忽然出现一片宝阁珍楼，就以为到了西天，心态正好是一样的。

另外多扯一句，国内还有一个著名的小西天，名叫石经山，就在我住的北京房山区，离我家开车不过半小时，我没事就去玩玩。更有趣的是，据明代高僧、文人的记录，石经山上还有一座雷音寺（又称云居上寺）。为什么叫小西天？《大明一统志》说此地"峰峦秀拔，若天竺山，故称曰小西天"，意思是石经山的山势像天竺的山。从隋朝高僧静琬开始，就在这里开山刻经，久而久之，也成了一座庄严的藏经道场了。

大蟒精：一个"三无"妖怪沉默的力量

过了黄眉怪的小西天，就到了一个叫驼罗庄的地方。在这里，孙悟空和猪八戒打死了一条大蟒。

这一回故事简单得很。但是这一回的大蟒精，却给我们留下深刻的印象——这样一个无法宝、无小妖、无背景的"三无"妖怪，为什么能是西天路上独占一关的 boss？

大蟒精最不俗

驼罗庄的故事，其实作者写得很好。大蟒精是整部《西游记》里最敬业、最不俗的妖怪，或者说，它活得像个妖怪，没有被人类异化。

孙悟空碰上别的妖怪，总是明明白白地对面交锋。凶神恶煞也好，牛头马面也好，总之是个人形。不但如此，还费一大段笔墨来细写这妖怪的模样，生怕读者印象不深。比如写银角大王：

> 头戴凤盔欺腊雪，身披战甲幌镔铁。腰间带是蟒龙筋，粉皮靴靿梅花摺。颜如灌口活真君，貌比巨灵无二别。七星宝剑手中擎，怒气冲霄威烈烈。

凶狠吗？当然凶狠，但并不可怕。因为我们实在看不出这段是写银角大王，还是赵云、马超等银甲武将。话说，颜如灌口真君，难道是个小白脸？（所以巨灵神其实没有电视里演得那么丑？）穿人类的衣服，拿人类的兵器，长着人类的样子，以人类的方式走来走去，那我们人类自己玩就行啦，还看你干什么？妖怪嘛，你的任务就是让人类害怕的。不好好当妖怪，总想着向人类看齐，不能给人类带来恐怖，这岂不是不务正业吗？

有人说银角大王是太上老君的童子变的，不恐怖还算说得过去。但黄风怪是貂鼠成精，怎么也 cosplay 二郎神呢：

> 金盔晃日，金甲凝光。盔上缨飘山雉尾，罗袍罩甲淡鹅黄。勒甲绦盘龙耀彩，护心镜绕眼辉煌。鹿皮靴，槐花染色；锦围裙，柳叶绒妆。手持三股钢叉利，不亚当年显圣郎。

所以《西游记》虽然写了大大小小的妖怪，其实并没有把它们真当妖怪写，而是当人写的，所以体现的还是人心世态。孙悟空和这种妖怪开打，其实和普通武将交战没有什么区别。

但是写大蟒精，作者文风忽变，不但不写妖怪的模样，甚至故意模糊。我们从头看到尾，一直看到妖怪现了大蟒原形。既然是现了原形，那就是说，此前不是原形。但此前的妖怪，穿什么，戴什么，长得是什么样子呢？

根据驼罗庄的百姓回忆，此前请过一个道士来和大蟒精相斗：

> 头戴金冠，身穿法衣。令牌敲响，符水施为。驱神
> 使将，拘到妖魅。狂风滚滚，黑雾迷迷。即与道士，两
> 个相持。斗到天晚，怪返云霄。乾坤清朗朗，我等众人
> 齐。出来寻道士，渰死在山溪。捞得上来大家看，却如
> 一个落汤鸡。

这写法高明之处就在于，与旧小说动辄直白地写一场大争
斗完全不同。颇似关公温酒斩华雄，咚咚鼓声敲了一通，关公已
将华雄人头掷于地上。我们既不知道道士是怎么和大蟒斗的，也
不知道道士是怎么死的。狂风滚滚，黑雾迷迷，大幕一拉，再一
开，道士已死在山溪！我来了，你死了，怎么死的，不知道！脑
补黑雾迷迷里面的惨象？随读者！

老乡们还请了一个和尚来拿妖，具体经过是：

> 那个僧伽，披领袈裟。先谈《孔雀》，后念《法华》。
> 香焚炉内，手把铃拿。正然念处，惊动妖邪。风生云起，
> 径至庄家。僧和怪斗，其实堪夸：一递一拳搗，一递一把
> 抓。和尚还相应，相应没头发。须臾妖怪胜，径直返烟
> 霞。原来晒干疤。我等近前看，光头打的似个烂西瓜。

"相应"，就是占便宜、讨巧。和尚还占了没头发的便宜？
一递一，就是一下下交替的动作。看来这妖怪不但会枪法，还会
拳法，不然怎能跟和尚又搗又抓？但模糊也在这里，奇妙也在这
里：它到底是用大蟒原形与和尚打的，还是现人形和和尚打的？
如果是大蟒原形，哪里来的拳头？完全没说，只说老乡们远远地

看着，只见到"一递一拳捣，一递一把抓"，两个拳头在挥舞，烟霞云雾之外，什么都不知道！然后，仍然是"十步杀一人，千里不留行"地扬长而去，留了一个"烂西瓜"在那里。

等到孙悟空看到这蟒精的出场，更是与众不同。

> 行者闻风认怪，一霎时，风头过处，只见那半空中隐隐的两盏灯来，即低头叫道："兄弟们，风过了，起来看！"那呆子扯出嘴来，抖抖灰土，仰着脸，朝天一望，见有两盏灯光，忽失声笑道："好耍子！好耍子！原来是个有行止的妖精！该和他做朋友！"沙僧道："这般黑夜，又不曾觌面相逢，怎么就知好歹？"八戒道："古人云：'夜行以烛，无烛则止。'你看他打一对灯笼引路，必定是个好的。"沙僧道："你错看了。那不是一对灯笼，是妖精的两只眼亮。"这呆子就嗖矮了三寸，道："爷爷呀！眼有这般大呵，不知口有多少大哩！"

无烛则止，是《礼记·内则》中的话。意为夜晚出行要点火把，没有火把就不要出行，表示行为光明正大。和上次只看见拳头一样，这次只看得见眼睛，头什么样，脸什么样，是人形还是蛇形，一概不知！

孙悟空飞到半空，和它相斗，同样不说这是个人形妖怪，还是个蛇形妖怪，只说是使两柄枪抵挡。和它斗了半夜，"不觉东方发白……那怪物撺过山去，现了本像，乃是一条红鳞大蟒"，然后就以原形被打死了。等于说，我们永远不会知道这妖怪变形后长什么样子了，回头一想，凉生脊背！

　　按照通俗小说的习惯，人物出场，总要费一大段笔墨来写这个人物的穿戴长相。作者并不是忘了，因为后来它现了大蟒原身，也是费了一大段笔墨写的。为什么偏偏以前就不写长相？这其实是高明，作者就是故意不让你知道。

　　可怕的事情之所以可怕，正在于我们在了解和不了解之间、看得见和看不见之间。

　　我们看恐怖片或怪兽片，最恐怖的时刻，不在怪兽跳出来之后，而在怪兽只露了一点痕迹之时。比如半夜里忽然看见一只黑手搭在窗户上，一个黑影映在墙上，水里的怪物只冒出半个头，鲨鱼只露一片鱼鳍在水面上，等等。等嗷一声跳出来，再狰狞的怪物也就不恐怖了。就像大蟒精，天亮后现出原形，"眼射晓星，鼻喷朝雾。密密牙排钢剑，弯弯爪曲金钩"，说实话这特效放明朝还成，这年头阿凡达都不新鲜了，还看你这大蟒干啥。所以我甚至还怀念，千万千万别现出本相，千万别天亮，就这样在黑暗中，让我们看两只眼睛最好！也许这就是所谓的大象无形。

沉默的力量

　　大蟒精没有法宝，没有名字，没有小妖，也没什么法力。这样的妖怪，居然还能在整部《西游记》里成为一场戏的主 boss，给我们印象深刻，除了形象模糊之外，还有一个力量，那就是沉默。

　　整部《西游记》的大妖怪，从头到尾一句话没说过的，只有它（书里替它解释了：未归人道，所以还不会说话）。孙悟空当然喜欢和人斗嘴，取经路上和孙悟空犯贱斗嘴的妖怪，当然也不少，比如狮驼岭的狮象鹏三怪。但只要斗上嘴，没有斗得过孙悟空的。然而这次：

> 好行者，纵身打个唿哨，跳到空中。执铁棒，厉声高叫道："慢来，慢来，有吾在此！"那怪见了，挺住身躯，将一根长枪乱舞。行者执了棍势，问道："你是哪方妖怪？何处精灵？"那物更不答应，只是舞枪。行者又问，又不答，只是舞枪。行者暗笑道："好是耳聋口哑，不要走，看棍！"那怪更不怕，乱舞枪遮拦。

先不说金箍棒能不能打过软柄枪，第一招猴子就没占上风。因为孙悟空的需求落空了——他想知道对手的来历，他预设对方也会回答，然后猴子就会从搭话里讨几句嘴上便宜。然而，人家根本不跟你搭话！就像金大侠常说的一拳打入了汪洋大海，没有任何反响。孙悟空笑它耳聋口哑，猪八戒赞它枪法出众，任凭毁誉交加，人家一概不理，就这样一言不发地打了半夜。反倒是哥俩显得无趣了。

我们人类需要说话，反倒是人性的弱点（有使命的人另当别论）。说话越多的人，内心往往越虚弱，因为他需要表达，需要别人分担他的情绪：表达喜悦，多是希望获得赞誉；表达恐慌，多是希望获得安慰；表达愤怒，多是希望转移责任。《淮南子·主术训》："天道玄默，无容无则。"只有自然的天道，才是不需要讲话的。社会上发表的言论越多，其实越说明人心在变虚弱。像我这样每天在网上发一大通贫嘴，其实早已落在下乘了。

《西游记》的妖怪，比大蟒精厉害的岂不多了去了。但他们听说了孙悟空的名头，不免带出情绪，这就是妖怪沾染了人类的毛病。比如黄风怪和豹子精：

> 那洞主（黄风怪）惊张，即唤虎先锋道："我教你去巡山，只该拿些山牛、野彘、肥鹿、胡羊，怎么拿那唐僧来！却惹他那徒弟来此闹吵，怎生区处？"
>
> 先锋道："大王不好了，孙行者也寻将来了！"老怪（豹子精）报怨道："都是你定的甚么'分辩分辩'，却惹得祸事临门，怎生结果？"

其实，说这些话有什么用？猴子找上门来，打就是了！抱怨、责备，只是表达自己恐慌，希望两位先锋和在场的众小妖分担。我们平时，出了事互相埋怨责备的，岂不都是如此？越抱怨，说明越虚弱。

黄风怪倒霉催的，也倒霉在自己多话：

> 老妖道："怕他怎的，怕那甚么神兵！若还定得我的风势，只除了灵吉菩萨来是，其余何足惧也！"

黄风怪有本领，其实本领也会伴生虚弱，因为他怕失去。但凡有本领、有地位的人，若过于看重本领和地位，都是如此。他这里，其实表达了两层意思：第一，刚刚胜了一场，他要炫耀，要显摆神风无敌，但他自知是有天敌的，这样面对心腹人昧着心说无敌，反倒心里过不去；第二，嘴里说不怕，其实心里是怕，说出来，才能给自己壮胆。其实他这句话有什么用？小妖获得这些信息有什么用？白白让孙悟空听去了！黄风怪这句话，活画出了一个真实的、有能力却也虚弱的社会人！

而沉默的人最不好对付，因为你不知道他背后有什么底细。正因为对手沉默，他才更具有强大的力量，更容易被我们记住。所以，如果选择了沉默，那就沉默到底，只要开口，就会把弱点暴露在光天化日之下。

整回书，大蟒精形象模糊，一句话都没说，其他的特征，也是非常相称的：它没名字，没小妖，连洞府都是一根直肠似的穿堂洞，没有门窗，没有卧室，也不知道装修装修，哪怕像黑熊精那样挂副对联，或像青牛精那样摆张石床也行啊。然而这也是它的本色，却给我们留下了深刻的印象，这就是大音希声，大象无形。假如天永远不亮，它其实永远不会被打倒。由此看来，1986版电视剧《西游记》的续集，把它演成一个女妖，还有人伺候，反显多事。其实能当一只不受人类社会污染的妖精，蛮好。

观音菩萨为什么骑犼？其实是个驾照问题

观音菩萨（李云中　绘）

　　唐僧师徒进入了朱紫国。朱紫国有个赛太岁，把国王的金圣宫娘娘抓去了。孙悟空三盗紫金铃，降伏了妖怪，原来它是观音菩萨的坐骑金毛犼。

　　有很多朋友问我：犼是什么动物？观音菩萨为什么会骑犼？我相信这是民间的创造，因为查一下《大藏经》，就发现观音不但不骑犼，全部《大藏经》里，就没有"犼"这个字！

　　其实我们把这件事转化为今天的角度就可以明白，菩萨的坐骑，相当于领导的专车。所以，这其实是一个办公室主任考虑的问题：需要给观音配什么车？

观音的专车难题

　　我们知道佛教的四大菩萨，观音、文殊、普贤、地藏。地藏菩萨忙着度化地狱众生，所以在民间信仰里，他一般不掺和人间的事务。和我们人间有缘的是文殊、普贤、观音三位。其实这三位的组合比较早，地藏菩萨反倒是后入盟的。比如《三教源流搜神大全》，就把文殊、普贤、观音说成是一个妙庄国王的三个女儿。这里面就没有地藏菩萨什么事。

　　文殊、普贤、观音他们三位，免不了经常在一起出现，就像三位平级的领导一起开会。但观音菩萨和文殊、普贤菩萨一齐出现的时候，需要开什么车来？

　　文殊菩萨是骑青狮的，普贤菩萨是骑白象的。两位菩萨都开车来，观音菩萨开什么来，就成了问题。同一级别的领导必须都得有车，就算她不爱坐车，也得有一辆，这就是待遇。观音菩萨不能开莲花座来，这是办公椅，不是车。

　　这对我们老百姓，就是一个无所谓的事情。只要有钱有照，摇得上号，开什么车不行？但对于观音菩萨这样的领导同志，就是大问题，因为不仅她代表公众形象，她的车也代表公众形象，必须符合领导公车标准，必须按规章制度办事。既不能高，也不能低，还不能错。

所以，观音菩萨骑什么成了大问题。这不是说随便给她配一匹马、一头牛（哪怕硬编是天马、神牛）这么简单的事。需要从她的故事、传说、经文里找——没有来历的坐骑，老百姓是不认的。

幸好观音有三十三相，其中和动物有关的有：龙头观音、鱼篮观音、蛤蜊观音。但这几个都不好，因为都是水里的动物。想象下，观音骑着一个扇贝或者一条多宝鱼，跟文殊、普贤菩萨一起出现——这是进了海鲜城吧！

骑龙呢？骑龙也不好。因为龙这种动物，有一个先天不足：车身太长，无论是伸直了还是盘起来，都太占车位。文殊、普贤的座驾，一个是狮，一个是象，都是标准陆地动物体型，各占一个标准车位。如果观音骑龙来，还得给这条龙划一个大型车位，才放得下。

当然，说车位是开玩笑，我的意思是，民间信仰的塑像、绘画、故事里，确实存在这样的问题：三位菩萨在陆地上活动的时候多，比如到谁家显灵去了，绝不能骑着扇贝或多宝鱼跑来跑去，所以观音必须得有一头四条腿的陆地坐骑。龙虽然是四条腿，但它还是水里的动物，而且和文殊、普贤在一起塑像、绘画的时候，龙特别占车位，这会导致三个菩萨的布局不均衡。

例如明代刘侗在《帝京景物略·双林寺》中说："寺殿所供，折法中三大士，西番变相也。相皆裸而跣，有冠，有裳，有金璎珞，犼、象、狮各出其座下。"殿里给三位菩萨留的空间确实是均等的。如果骑龙，明显比狮、象占地方。

即使今天人画龙头观音，也多是画龙的半截身子，因为龙身子太长，全画出来，观音就显得个头小了。

狮子吼 = 狮子犼？

然而我们的民间人士特喜欢操办公室主任的心。他们真的给观音找到了一辆 C 照能开的车，这就是狮子吼观音。

狮子吼观音，也是三十三观音之一，也叫阿摩提观音、无畏观音、宽广观音。这个变相的观音是这样的：

> 三目四臂，乘白狮子座，面向左方，头上载宝冠，以白莲花妆饰，前二手执持凤头之箜篌，另左上之手掌托摩竭鱼，右上之手持白色吉祥鸟，左足弯屈于狮子之顶上，右足垂下，通身发光焰，面貌慈祥。（《阿摩提观音仪轨》）

那么这就好办了。狮子的体型刚好占一个标准车位，是 C 照能开的。

可这又涉及一个问题：观音菩萨单独出现，骑狮子没事。但民间信仰里，文殊、普贤、观音地位是相同的，三个菩萨一起出来的时候，两头狮子、一头大象。这又不均衡了。

然而民间人士有办法：只要给观音的坐骑改个名字就可以了！既然是狮子吼观音，那就从"吼"字上做文章，把这个字改成一个动物名字就可以了。最方便的就是换偏旁，口字旁换成表示兽类的犬字旁，"吼"变成"犼"。本来是一个吼叫的吼，说的是一个动作，结果变成了一种动物的名字。

这种把表示动作的字，换偏旁改成一个名词，汉字里有很多。例如硫黄，原本写作"流黄"，"浸溢于涯岸之间"，所以叫流黄。但"流黄"，不像矿物的名字，改个石字旁，叫硫黄，就像了。流黄这个名词，其实重点在"黄"，而不是"流"。结果后来人们不知道"硫黄"的"硫"是从"流"来的，反倒省去了"黄"字，简称"硫"。流动的动作，反倒成了这种矿物的名字了。

也恰巧，古书上有"犼"这个字，《类篇》："犼，北方兽名，似犬，食人。"那借用起来就更理直气壮了。不过，我觉得，只能说观音的犼是借用了这个字的字形，并不能把这个犼的意义和观音菩萨的犼画等号。因为我们看明清人画的骑犼观音像，那个犼无一例外是比着狮子画的，而不是比着狗画的！其实我们想一想也知道，观音菩萨的车，起码排量、价格、装饰得和文殊、普贤差不多才行，怎么能用狗当坐骑呢？

当然，既然犼不是一种实际的动物，就给了民间很大的发挥空间：有些犼塑的嘴长一些，可能是吸收了狗的一些特征；有的犼长一个龙头、一条龙尾，这恐怕又是吸收了龙头观音的特征。但无论怎么变，换头也好，换尾巴也好，它狮子的身体是永远不变的。有的犼干脆就是一头狮子。不信大家去看 1986 版电视剧《西游记》，赛太岁现原形变成的犼，明明就是一头耍的狮子嘛！

不只今人把犼做得像狮子，明人也这样。现存的明代骑犼观音像，有的犼头有点像龙头；有的犼嘴有点像狗嘴；有的犼头和颐和园门口的铜狮子没啥区别，只是尾巴变成薄片状了；有的干脆连尾巴都没变，和狮子吼观音的狮子没有任何区别。

关于犼的故事，似乎到明清时期才多了起来，这正是骑犼观音的形象深入人心之后才有的现象。比如清东轩主人《述异记》：

东海有兽名叫犼，喜欢吃龙的脑子，能腾空上下，迅猛异常。喜欢和龙相斗。口中喷火，龙打不过它。康熙二十五年（1686），浙江平阳县有三条蛟、两条龙，合斗一只犼。犼咬死了一条龙、两条蛟，然而犼也死了。

清李骥为此还写了一篇《龙犼交斗歌》：

东海有兽名曰犼，性嗜龙脑喜龙斗。骁鸷腾空万里驰，精光四射蔽半斗。或云类狮色如银，或云似马身有鳞。上下层霄项垂鬣，乘风凌雨蹴乌云。……龙吐冰雹大于拳，犼喷电火焰弥天。雷霆夹之声震野，龙奔犼逐云相连。……二龙三蛟斗一犼，三昼三夜两负伤。二蛟一龙为犼杀，犼亦横尸三丈强。死后焰光犹闪闪，谁敢直视双眸眩。

这里点明了，犼长得像狮子，或者像马。像马不知哪里的说法，因为传世的骑犼观音塑像、绘画里，很少见到像马的，至少我没有见过。

赛太岁的先锋是谁

说到观音，朱紫国故事中，还有一个人物很有趣。这就是赛太岁的先锋官，他和观音还有点关系。

　　这个先锋官，1986 版电视剧《西游记》里没有出现。在原著里，朱紫国国王被治好后，设宴款待唐僧师徒。这时先锋官出现了，他是来要宫女的。书中写道：

　　　　九尺长身多恶狞，一双环眼闪金灯。两轮查耳如撑扇，四个钢牙似插钉。鬓绕红毛眉竖焰，鼻垂糟准孔开明。髭髯几缕朱砂线，颧骨峻嶒满面青。两臂红筋蓝靛手，十条尖爪把枪擎。豹皮裙子腰间系，赤脚蓬头若鬼形。

　　　　行者见了道："沙僧，你可认得他？"沙僧道："我又不曾与他相识，那里认得！"又问："八戒，你可认得他？"八戒道："我又不曾与他会茶会酒，又不是宾朋邻里，我怎么认得他！"行者道："他却像东岳天齐手下把门的那个醮面金睛鬼。"

　　然后，他被孙悟空打跑了，奇怪的是，他再也没有出现过！

　　这个"醮面金睛鬼"到底是个什么鬼？我也费了一番寻找的功夫。后来发现，这个"醮面金睛鬼"恐怕也和犰一样，名字是被换过偏旁的。它应该就是焦面金睛鬼，又称焦面鬼、焦面大士、面燃大士。写作醮，是受了道教的影响。

　　佛教认为，焦面大士是观世音菩萨的化身，她为了教化饿鬼道（六道之一），化为面部燃烧着烈火的鬼形；道教认为是太乙救苦天尊，所以焦面鬼在佛道二教都有供奉。今天山西蒲县东岳庙地狱门前，还有明代彩塑焦面大士。环眼金睛，獠牙大耳，鬓绕红须，皮肤青蓝，与这《西游记》里韵文描述的形象正好相似。

而且它因为要教化饿鬼，所以塑在东岳庙地狱门前，为诸鬼首领，正与"东岳天齐手下把门的"相合。这也不是特例，我在吉林农安金刚寺所见面燃大士，就在大雄宝殿门口左侧，也是"把门的"位置。

你说的那个"狮驼岭"，我还真去过

《西游记》中多次出现"狮驼"这个词。唐僧要经过的，就有"八百里狮驼岭，中间有座狮驼洞"，过了狮驼岭，还有个"狮驼国"。另外，和孙悟空结拜的几个弟兄里，也有一位"狮犰王"。这就涉及一个问题：狮驼或狮犰，到底是什么意思？

狮驼国原本叫师陀国

其实我们回到早期的西游故事里，就会发现，"狮驼国"出现得很早。山西现存有宋元时期队戏《迎神赛社四十曲礼节传簿》，演唐僧取经故事，第一站即"师陀国"。我经常提到的元代的《朴通事谚解》，就是那本"跟朴翻译学汉语"，里面也讲唐僧取经路过"师陀国"，既没有"狮驼岭"，也不是"狮驼国"，并没有什么狮子精，碰上的是老虎和毒蛇，"遇猛虎毒蛇之害"。只是今天的《西游记》里，才加了偏旁，多出来一座"狮驼岭"，国名也变成了"狮驼国"。

我们再看明代另一个版本的《西游记》——《四游记》中的《西游记》即所谓的杨志和本或杨本。正好提供了一个从师陀国故事到狮驼岭＋狮驼国故事的中间状态：

师徒又行，倏到狮驼国。原来此国君臣被三个妖魔吃了，占坐此国。他师徒不知，进城改换关文，被魔王一齐绑倒，吩咐小妖蒸熟来吃。行者使一个缩身法子走脱，去西方拜见佛祖，详说师父被难之事。如来闻言，领文殊、普贤同至狮驼国收妖，先令行者引战。行者挺棒进城，那三妖合力杀出，被文殊、普贤念动咒语，收了青狮、白象，各跨坐下。如来收了大鹏金翅鹏。三妖既除，佛归西天。行者救出师父、师弟，四众趱步西行。

这个故事体现出的几个信息都很有意思。

首先这里面没有狮驼岭，过了黄花观就是狮驼国。其次，这个国家也不是所有的人民都被吃了，只是君臣被吃了，平民百姓应该还是原来的。这点也好理解，因为假如街上都是野兽，那唐僧师徒经过的时候岂不发觉？这些野兽难道全都能变化成人形，做卖做买，不露破绽吗？并不是所有的小妖都会变化。我们看《西游记》里老妖挑选小妖，"会变化的"，也是不那么容易的。至少那个豹子精的先锋，就是从狮驼岭逃过去的，他就不会变化。所以这个国还是原来的国，只是中央机构被妖怪占了而已。

另外，"他师徒不知，进城去改换关文"，这句话，也很重要。因为我们在今本《西游记》最后一回，唐僧向唐太宗交还关文的时候，上面有这么一行字：

牒文上有宝象国印，乌鸡国印，车迟国印，西梁女国印，祭赛国印，朱紫国印，狮驼国印，比丘国印，灭法国印。

这一行字，其实问题多多！

关文的漏洞

首先，这里暴露了一个信息：这个狮驼国背后，有问题！今天的《西游记》故事里，狮驼国所有人已经被大鹏精吃掉了，哪来的狮驼国印？唐僧师徒过了狮驼岭后，还没进狮驼国，就被三个妖怪偷袭，把师徒四人都抓起来了，打算送进蒸笼蒸着吃。晚上孙悟空使法术脱身出来，领着唐僧要爬墙头跑出去。结果惊动了妖怪，又把三人抓住。从头到尾，就没有任何给关文盖印的机会。除非大鹏精实在闲得没事了，找出玉玺给关文盖印玩；或者如来收了三个妖怪之后，唐僧临走时强迫症犯了，亲自到皇宫里找出玉玺（前提是那玉玺还在），自己盖上的印。然而这也未免太不靠谱了！

况且今本《西游记》这里，作者并不是忘记了关文，他还提了一句。当师徒四人要爬墙逃走时，孙悟空说："也且莫忙，我们西去还有国王，须要关文，方才去得。不然，将甚执照？等我还去寻行李来。"也就是说，这一回的作者对关文盖印这件事，还是记得的。能不能盖印，他是清楚的。

我们再来看前前后后的国家，只要是经过了一个国家，原著绝不会模糊过去的。例如：

国王见了，取本国玉宝，用了花押。（宝象国）

　　三藏分毫不受，只是倒换关文。（乌鸡国）

　　这长老散了宴，那国王换了关文。（车迟国）

　　却才取出御印，端端正正印了；又画了手字花押，传将下去。（女儿国）

　　倒换了通关文牒，大排銮驾。（祭赛国）

　　那国王恳留不得，遂换了关文。（朱紫国）

　　那国王眼目昏朦，看了又看，方才取宝印用了花押。（比丘国）

　　君臣合同，拜归于一，即时倒换关文。（灭法国）

　　最后的关文上，有九个国家的印，其中八个印，今天的《西游记》里都说得清清楚楚是怎么盖上的，一处都没丢。说明这位作者或整理者，对关文上的印是很在意的。为什么这里突然冒出一个本来并不应该盖的狮驼国的印来？

　　当然可以有各种猜测，但有一种靠谱的是：西游故事是不断发展完善的，故事是不断插入的。所以，在较早的时候，狮驼国（师陀国）只是一个正常的国家。经过这里是有找国王盖印的。所以，最后那份盖印的清单上，就一直有狮驼国的印。但是某一位作者对狮驼国故事做了改写，让大鹏精把国内君臣百姓都吃掉了，还加了狮驼岭故事。剧情导致唐僧师徒没有机会盖到狮驼国的印。但这样一来，最后那个关文上盖印的名册必须同时删掉"狮驼国印"才行，结果，作者把这事给忘了！这就是数据不同步的问题。

　　所以我们看杨本的《西游记》说"他师徒不知，进城去改换关文，被魔王一齐绑倒，吩咐小妖蒸熟来吃"。如果故事是这么演的，就可以盖印了。魔王盖完印再绑唐僧，没有任何问题。当然也可以不盖，一上来就绑。总之，绑唐僧与换关文是同时发生的。我们正可以从中看到"狮驼国"的演化过程：最开始的"师陀国"，并没有狮子，是一个正常的国家。杨本里的"狮驼国"，已经被青狮、白象、大鹏占据了，但还没有吃百姓，只是吃了君臣。百回本"狮驼国"，大鹏精把君臣百姓都吃掉了。

多扯一句，这个关文的用印名册上，没有天竺国的印，但是在天竺国收玉兔时，书里明明写着：

> 行者称谢，遂教沙僧取出关文递上。国王看了，即用了印，押了花字。（天竺国）

为什么这里盖印的场景写得清清楚楚，后面用印名册上又没有呢？这也只能用故事插入的早晚不同来解释：天竺玉兔精的故事，插入得比名册晚，作者忘记了在名册里同步添上。这和狮驼国的那个印忘记了删掉其实犯了一个毛病。所以数据库的增删改查是很重要的呀！

从刚才的分析可以看出，所谓的"狮驼"这个名字，和狮子关系似乎不是很大。因为它一开始也不叫"狮驼"而是叫"师陀"。杨本的"狮驼国"里冒出来一个青狮，算是和狮子精扯上点关系。然而百回本的《西游记》，狮驼国的国民是被大鹏精吃掉的，这件事和狮子又没有什么关系。青狮、白象本来就不在国里，而是跑到"狮驼岭"占山为王的。而"狮驼岭"这个地名，明显是受"师陀国"的影响，后编出来的。所以，一定是先有的"师陀"，后被民间通过改换偏旁的方式，和具体的动物产生联系，编出来的"狮驼"。

顺便说一句：杨本《西游记》里的观音菩萨的犼，就不写成"犭"旁，而直接写成"吼"；《封神演义》里太清道人骑的是"地吼"；《家谱宝卷》里收元母骑的是"白吼"；此外还有形容骏马的金睛吼（元杂剧《四马投唐》：金睛吼、锦毛熊）、虎刺五花吼（《三宝太监西洋记通俗演义》）。所以说，如果要求不高，"吼"字本身就是可以拿来当动物名字用的。换成"犭"旁，只是让它看起来更像动物而已。所以，我们不必一看"狮驼"就以为和狮子有关系，只有从原先的称呼"师陀"去分析，才能得出靠谱的答案。

师陀的来源

那么这个"师陀"是什么意思呢？其实它很可能就是"尸陀"，"狮驼岭"很可能就是"尸陀林"——印度抛弃死人尸体的地方。岭、林二字，读音接近，尤其是对于不分前后鼻音的人。网上搜一搜就知道，色达五明佛学院的"尸陀林"，许多人都喊它"尸陀岭"。这一点，我们在狮驼岭的狮驼洞中，还能发现一点点痕迹：

> 骷髅若岭，骸骨如林。人头发蹯成毡片，人皮肉烂作泥尘。人筋缠在树上，干焦幌亮如银。真个是尸山血海，果然腥臭难闻。东边小妖，将活人拿了剐肉；西下泼魔，把人肉鲜煮鲜烹。

这哪里是狮子精的洞府，这明明更适合做白骨精的洞府嘛！

我们如果细读《西游记》就会发现：妖精的洞府，并不都是这个样子的；而且，大部分不是这个样子的。作者要么不写，要么就写得非常小清新，比如黑熊精的洞府，"松篁交翠，桃李争妍，丛丛花发，簇簇兰香"。写得这么恐怖，狮驼洞还真是第一个，也是唯一的一个！另外那个"骷髅若岭，骸骨如林"也隐隐透露了岭和林的某种关系。

藏传佛教说尸林怙主夫妇居住在髑髅山，那里有四方形的人头骨城，骨城有尸林髑髅宫殿和莲华日轮座，坐垫上拥立着尸林怙主夫妇。各位对比藏传佛教尸陀林的唐卡看一看，就明白：这不就是看图说话嘛！

但是，这么恐怖的名字，为什么还经常用在佛教地名中？原来佛教认为在尸体堆中修行，可以悟到人生无常。我们知道日本的一休哥吧，他就住过丹波国尸陀寺。但是这个尸体的"尸"字实在太骇人了，所以我们国人都改作"师"。古代的师和狮又是相通的，狮子早期就写成师子。从尸陀变到狮驼，又据此编出狮子精的故事，是合情合理的。

现实中有用"狮驼"或"师驼""师陀"命名的地方有吗？有的。翻一翻《武夷山志》就会发现，福建的武夷山既有一座"师陀峰"，也有一座"师陀岩"。

北京也有"狮驼岭"（尸陀林），这个地方在哪里呢？就在今天的西山八大处，古籍中还可以找到记载：

> 昔有僧名卢，自江南来，寓西山之尸陀林秘魔岩。（《西园闻见录》）
>
> （尸陀林秘魔崖）去都城一舍许，曰西山，层峦叠

嶂……中有尸陀林，昔为卢师卓锡之所。

　　至卢沟桥，桑干河分两岔处，一岔通尸陀林，舟至于林畔，见石室，曰：“吾居是矣。”（《日下旧闻考》）

这个石室今天还在，那座山还叫卢师山，山腰上有座证果寺，就是古籍中记载的尸陀林。进入山门后顺着右侧一条小路，就可以到秘魔崖。

大概这个尸陀林的“尸”字实在太吓人了，所以同样的人物和地点，很快就写成了“狮驼林”，例如《畿辅通志》：

　　昔有僧名卢，自江南来寓居狮陀林秘磨崖下。

有意思的是，虽然这个“狮”变了，但“陀”还没有变。假如放任发展，变成马字旁是迟早的事。

所以，《西游记》狮驼国的演化过程应该是：

尸陀→师陀→狮陀→狮驼和狮子精发生关系→创造出狮这种动物

我们容易通过字形去想问题，其实字音比起字形来，更容易贯通古今，只是需要更多的想象力！

唐僧和比丘国国丈的吵架

比丘国的故事好玩，不在于孙悟空和猪八戒跑到清华洞府去打怪（有没有北大洞府？），因为那就是一个套路，是小说收场的一个必要环节。好玩就好玩在这次唐僧亲自出马与比丘国国丈进行了一场金殿大辩论，里面深层的东西很多。

僧道大辩论

比丘国里，唐僧和比丘国国丈在金殿进行了一场大辩论。这也是唐僧唯一一次亲自出场，代表了佛教和道教短兵相接地辩论。所以这场辩论一定要评点一番，它体现了唐僧的水平。

说实话，唐僧是什么人，"千经万典，无所不通，佛号仙音，无般不会"，假如《西游记》真的崇佛抑道，唐僧和国丈辩论，佛教本门武功那岂不是太多太多，随便选一样施展出来，都可以把国丈打得稀里哗啦吧？随便选几段虐一下眼前这个妖道，岂不是手到擒来的事情，可是唐僧说了一段什么？

为僧者万缘都罢，了性者诸法皆空。大智闲闲，澹泊在不生之内；真机默默，逍遥于寂灭之中。三界空而百端治，六根净而千种穷。若乃坚诚知觉，须当识心、心净则孤明独照，心存则万境皆侵。真容无欠亦无余，生前可见；幻相有形终有坏，分外何求？行功打坐，乃为入定之原；布惠施恩，诚是修行之本。大巧若拙，还知事事无为；善计非筹，必须头头放下。但使一心不动，万行自全；若云采阴补阳，诚为谬语；服饵长寿，实乃虚词。只要尘尘缘总弃，物物色皆空。素素纯纯寡爱欲，自然享寿永无穷。

老实说，假如唐僧是认真地在辩论，那我简直想穿越过去，把唐僧拉出殿外——别丢人现眼了！高手对决，一定要认得武功家数，否则就听凭对手糊弄吧。唐僧说的这段话，是和尚的本门武功吗？完全不是！这是道教全真派的正宗武功！

我们只要翻开一部道教文学总集《鸣鹤余音》，就会发现这一段的出处（尤其注意画线部分）：

世事无穷，观来尽空，既向玄门受教，便于心地下功。大智闲闲，澹泊在不生之内。真机默默，逍遥于寂灭之中。原夫要长灵苗，先持心地，六根净而千种灭，三界空而百端治。见闻知觉是障道之元因，恬淡清虚乃颐真之大义。若乃坚成学道，须当了心。心静则孤明独照，心存则万境皆侵。真容无欠亦无余，生前可见；幻相有形终有坏，分付何求？明知诸法皆空，万缘都罢。行功打坐，乃道之狂；布惠施恩，即德之诈。大巧若拙，还知事事无为；善计非筹，直要头头放下。但使一心不动，

<u>万行自全。</u>每畅神而度日，实知命以乐天。任经春夏秋冬，饥餐渴饮；或对风花雪月，稳步安眠。若能对境忘情，逢场作戏。本来了在方寸，何必修于累世，永嘉既悟，强留一宿而归；卢行犹疑，谩等三更而至。<u>是知物物皆空，尘尘总弃，</u>性外更无实相，目前尽是虚泡。长生有物而混成，神鬼莫测；大象无形随处是，天地难包。信乎本要明心，何劳苦志。谅不由他，诚能自已。大辩忘言，真经绝字，赖啼乌宣杨，落花指示，石女亲传，木人举赐，浅智少识者则曰：不然不然。高明广见者乃云：如是如是。故悟则处处平夷，迷则头头踏刺。大抵欲修天外大成功，莫挂人间些子事。（《鸣鹤余音·心地赋》）

《鸣鹤余音》是什么书呢？它是元代全真道士彭致中搜集前代仙道歌诗编订而成的文学总集，内容包括词、曲、诗、赋，计五百余篇。大部分内容，是全真教道士写的。

这篇文章，就是三于真人的《心地赋》！三于真人又是什么人呢？名字不知道，但似乎是全真七子的亲传弟子。因为他还有一首《满庭芳》，说"钟吕为宗，拜丘刘谭马"，"丘刘谭马"就是丘处机、刘处玄、谭处端和马钰（所以他或许是于善庆即于志道也说不定）。诸位看看，有下划线的地方，就是唐僧抄袭过去的。他抄了多少，不言而喻。

最令人滴汗的是，唐僧居然把这一大段话的主语改了！三于真人在开头就说明了，"既向玄门受教，便于心地下功"，玄门，当然是道士。唐僧居然把这两句故意省了，反倒改成了"为僧者"，这是几个意思？这不就是把同桌的考卷答案抄来，写上自己的名字交上去吗？

　　更何况唐僧改过的地方，反倒不高明了！例如三于真人说"行功打坐，乃道之狂；布惠施恩，即德之诈"。唐僧改成了"行功打坐，乃为入定之原；布惠施恩，诚是修行之本"，对比一下，哪个高明？哪个拙劣？哪个有骗人钱财的嫌疑？三于真人的原文，当然是老子"无为而无不为"和庄子"圣人出有诈伪"的道理。唐僧说什么"布惠施恩，诚是修行之本"，反倒是落在下乘了。

　　况且，后面马上接了一句"大巧若拙，还知事事无为；善计非筹，必须头头放下"。唐僧照抄不误。人家三于真人否定了打坐和布施，接这句没问题啊。你唐僧鼓吹完这些，忽然来一句事事无为、头头放下，这不自相矛盾吗？这就好比抄同桌的考卷，匆匆忙忙抄错了解答公式，反倒抄上一个正确答案。幸亏还记得把姓名写成自己的！

　　再有三于真人说"坚成学道，须当了心"。唐僧当然不敢说"坚成学道"啦，那还不相当于在考卷上写同桌的名字吗？于是就说"坚成知觉，须当识心"。"知觉"的要求，可比"学道"高多了！而"识心"比"了心"，反倒低了。

　　唐僧还自作聪明，加了几句"若云采阴补阳，诚为谬语；服饵长寿，实乃虚词""素素纯纯寡爱欲，自然享寿永无穷"，这几句虽然道理上没错，但假如对比三于真人的原文里，高下立判。或者说，根本就没有他唐僧说话的地方，因为人家根本就没追求"享寿永无穷"！

　　这就好比，少林寺方丈面对张三丰，使着偷来的太极剑和梯云纵，非说这是少林派本门武功。饶是拿来唬人，还使得不怎么样，关键的招数，都用错了！

好吧，面对这样破绽百出的辩论对手，国丈总该大喜过望，觉得捡个大便宜吧？可是他的表现，更令人奇怪。第一，他没有点破，也不知他看出来没有；第二，居然不用本门武功拆解。他使的什么武功？且看：

> 修仙者，骨之坚秀；达道者，神之最灵。携箪瓢而入山访友，采百药而临世济人。摘仙花以砌笠，折香蕙以铺裀。歌之鼓掌，舞罢眠云。阐道法，扬太上之正教；施符水，除人世之妖氛。夺天地之秀气，采日月之华精。运阴阳而丹结，按水火而胎凝。二八阴消兮，若恍若惚；三九阳长兮，如杳如冥。应四时而采取药物，养九转而修炼丹成。跨青鸾，升紫府；骑白鹤，上瑶京。参满天之华采，表妙道之殷勤。比你那静禅释教，寂灭阴神，涅槃遗臭壳，又不脱凡尘。三教之中无上品，古来惟道独称尊。

这一大段写得很漂亮，然而是道士说的吗？恰恰又不是，至少名义上不是！这抄的是宋仁宗的《尊道赋》。宋仁宗可不是道士！这不过是皇上写几句捧场的话，给你道教面子，拿来当挡箭牌了？

当然，这篇赋是不是宋仁宗所作，是有大大的疑问的，兴许就是金元间道士伪托的。但饶是如此，你比丘国国丈用什么来拆解不行，非得拉宋仁宗这张大虎皮吗？

这一场僧道大辩论，看上去高大上，玄奥无比。其实什么都没比出来。有些学者想从这一段辩论评判佛道优劣，那是上了当了!

明代的三教合一

看到这里,相信很多朋友很失望很失望。

是啊,我还想看看到底谁厉害呢。结果,你们都不地道!

其实细想想,我还是那句话,假如《西游记》那么黑白分明,它也成不了名著,它也传不到今天!试想想,金庸先生的小说里,有哪些是那么黑白分明的?

假如一部名著,那么轻而易举地就让你看懂了答案,只能说,它是主流媒体的宣传品。这些年来,谁知道《红楼梦》真正在说啥?《水浒传》真正在说啥?只能说,名著的肌理,都非常非常复杂。不同的人看,会看出不同的答案。

但是有一点是确定无疑的:作者对全真教的肯定,对金丹大道的推崇。例如唐僧代表佛教出战,反倒用的是全真七子嫡传弟子的武功。比丘国国丈反倒不安排他引用全真教的文章。这说明了什么问题?

又如孙悟空说的:

师父,你且睡觉,明日等老孙同你进朝,看国丈的好歹。如若是人,只恐他走了傍门,不知正道,徒以采药为真,待老孙将先天之要旨化他皈正;若是妖邪,我把他拿住,与这国王看看,教他宽欲养身,断不教他伤了那些孩童性命。

先天之要旨，就是指修炼元精、元炁、元神（又称先天精、先天炁、先天神）的内丹术理论。内丹术认为烧炼、服食等皆属旁门，不能得道。这些话，与其说是宗教信仰，不如说是技术流，与佛道斗争没有关系。不管是佛是道，只要认同"先天之要旨"，只要认同"宽欲养身"，就都是统战的对象。

今天阅读《西游记》的朋友，头脑里往往有个立场的观念。佛就是佛，道就是道，矛盾是不可调和的，所以一定要斗争斗争再斗争。殊不知在明代的社会，尤其是在底层社会，佛和道并没有那么地界限分明。

我多次提出，《西游记》的成书与福建有很大的渊源。

直到今天，福建很多民间信仰的宗教背景还是模糊不清的。不光福建这样，其他地区的民间宗教同样有这样的倾向。比如罗教基本是佛教的，但也吸收了道教的东西；黄天道是外佛内道。其他的民间宗教，很少有纯之又纯的佛或道，都是大杂烩，这就是明代底层社会的特点。

《西游记》讨厌什么道士

唐僧引用三于真人的《心地赋》来辩论，其实就是全真教一向提倡的内容。全真派道士是不讲炼砂干汞、点石成金的。从王重阳祖师一路下来，就是讲究炼心，炼精气神。所以才叫"全真"。其实《西游记》并不反道教本身，甚至原著唯一的一次安排如来讲经，居然故意让如来讲道教的《护命经》。这是《西游记》一以贯之的作风。《西游记》发生佛道争执的时候，又何尝真见用佛教教义去批判道教教义了？《西游记》通篇真正讲的佛经，不就是一部《心经》吗，这部《心经》不仅不涉及佛道斗争，还恰恰是王重阳钦定的全真教入门教材！

《西游记》讨厌的道士，有这么几位：黄花观蜈蚣精、车迟国三位大仙和比丘国国丈。

其实黄花观故事，我跳过去了没讲，因为暂时没有什么可深扒的东西。如果强行扒的话，势必引出许多牵强附会的说法。但这里不妨说几句，黄花观的门口，挂着一副对联，写着：

> "黄芽白雪神仙府，瑶草琪花羽士家。"行者笑道：
> "这个是烧茅炼药，弄炉火，提罐子的道士。"三藏捻他
> 一把道："谨言！谨言！我们不与他相识，又不认亲，左
> 右暂时一会，管他怎的？"说不了，进了二门，只见那
> 正殿谨闭，东廊下坐着一个道士，在那里丸药。
>
> ……
>
> 七个女子齐齐跪倒，叫："师兄，师兄，听小妹子一
> 言！"道士用手搀起道："你们早间来时，要与我说甚么
> 话，可可的今日丸药，这枝药忌见阴人，所以不曾答你。
> 如今又有客在外面，有话且慢慢说罢。"

黄芽指铅，白雪指汞，都是道教炼丹药的原料（当然，内丹术也有黄芽白雪的说法，这里当然以孙悟空的理解为准）。烧茅，指炼丹时焚烧茅草。这里点明了这位道士的来历，是作者讨厌的那种了。这种事，内丹家是不屑干的，比如《悟真篇》"七言四韵"之六："丹熟自然金满屋，何须寻草学烧茅。"人体自有炉鼎丹药，不必外求。

　　车迟国里三个妖道，也是作者讨厌的，他们"抟砂炼汞，打坐存神，点水为油，点石成金"，还会隔板猜物，"大开剥"等旁门左道的法术。其实这个"大开剥"是从西域传过来的，本来就与道教没有任何关系，例如《酉阳杂俎》和《搜神后记》记载的一个和尚和一个尼姑：

　　（梵僧难陀）又尝在饮会，令人断其头，钉耳于柱，无血。身坐席上，酒至，泻入脰疮中，面赤而歌，手复抵节。会罢，自起提首安之，初无痕也。

　　有一比丘尼，失其名，来自远方。……尼每浴，必至移时。温疑而窥之；见尼裸身挥刀，破腹出脏，断截身首，支分离切。

　　和尚的砍头法与尼姑的开膛破肚才是三位大仙法术的"老祖宗"！这些都是西域的幻术，要说和宗教沾边也是佛教，中国民间原来并没有。

　　而车迟国的三个妖道会的"五雷法"，反倒是正宗道教求雨的法术，所以即便是妖道，作者对"五雷法"也并没有什么批判，反倒说"那道士五雷法是真的"。况且三位大仙死了不要紧，车迟国以后求雨找谁去？

　　比丘国国丈也是这样的，《西游记》作者讨厌的是他要拿小儿心肝做药引。这与道教本身没有什么关系。

　　所以与其说《西游记》崇佛抑道，倒不如说崇"道"抑"术"，或者说崇内（丹）抑外（丹）。尤其是金丹大道，是《西游记》特别崇尚的。

须菩提祖师教孙悟空的就是它，猪八戒、沙和尚当凡人的时候，他们的师父传授的也是它（虽然不知他们的师父叫什么名字），甚至都到了凌云渡，还说"相亲相爱是元神"。这明显把内丹术贯穿始终了。

至于西天路上的和尚，看起来没有道士那么讨厌，但人品不怎么样的同样不少，就像观音院的金池长老、乌鸡国的僧官、镇海寺被老鼠精吃掉的小和尚们，还有佛祖身边索贿的。之所以不觉得他们特别坏，因为他们都不是妖精。在乌鸡国，文殊菩萨派他骑的狮子公报私仇，变个和尚不就得了？非得变作个全真道士。这到底是暗讽佛教还是暗讽道教，还真不好说。

西游故事从产生之日起就是宣扬佛法的，抑道不抑道先不说，剧情决定了必须找佛祖取经，这是无法更改的。否则另编一个去找太上老君取经的故事不就得了？所以只容易编妖精变的道士，不容易编妖精变的和尚，否则师徒四人取经路上打死和尚，这种情节未免也太考验人性了！所以，如果真说有什么斗争，与其说是佛道的斗争，不如说是路线斗争更合适（狭义地理解）——全真教崇尚金丹大道的势力，借着《西游记》来批评崇尚"术"的那部分势力（倒不一定是正一）。我们的佛祖也是倒霉催的，在这里面貌似是被当了枪使了！

老鼠姑娘要出嫁，来了和尚就嫁给他

《西游记》的金鼻白毛老鼠精，是一个极老极老的故事。在各类早期西游故事里，都能找到它。而且地涌夫人这个名字，也是很古老的。不妨挖一下。

老鼠精和天王

老鼠精和唐僧什么时候发生的联系？又为什么是天王的义女，被天王降伏？这几个故事很多人讲过了，但因为太著名，不得不再讲一遍。

玄奘法师在他的《大唐西域记》里讲过：西域于阗国的沙漠里，有一个大土堆，叫"鼠壤坟"，这里面有只特别大的老鼠，金光万道，银彩千条（"金银异色"），是一只老鼠王。只要它出洞，就跟着许多老鼠。曾经有数十万匈奴兵打到于阗国，在土堆边驻扎下来。这时于阗国只有几万人，恐怕打不过，又没处讨救兵。于阗国王早就知道这个土堆里有只鼠王，病急乱投医，就向鼠王焚香祷告，请求援助。晚上，国王梦见鼠王说："吱，我都安排好了，只要你预备好兵马，明天早晨就打过来，一定能胜！"于阗国王大喜，知道鼠王显灵了，立即整顿兵马，第二天大杀过来。匈奴人急忙迎战，不料发现所有人的缰绳、弓弦、穿甲绦、鞋带、裤腰带、背包带……凡是有绳子有带子的地方，不知什么时候都被老鼠咬断了。来不及迎战，一下子全军覆没。于阗国王感激鼠王的厚恩，建庙祭祀，奉为一国之神。

《大唐西域记》和《大唐大慈恩寺法师传》是《西游记》最早的素材库。所以，在西游故事里安排一只神鼠，简直是必然的事情。

至于老鼠精为什么要被托塔李天王降伏？这个也是有些来历的。我曾经说过，托塔李天王的原型是佛教的毗沙门天王，就是四天王中的北方天主。这位天王在唐代地位格外高。一行法师在《毗沙门仪轨》里说：

天宝元年（742），大石、康国等五国围困了大唐的安西城。安西告急。唐玄宗对一行大师说："敌兵围城，但安西离长安一万两千里，就是现在发兵也得八个月才能到。怎么办？"一行说："没别的办法，只能请毗沙门天王帮忙了。"一行就推荐了胡僧大广智法师。大广智立即作法，忽见有二三百神兵，站在道场前，为首一位天将，神威凛凛。唐玄宗问："这人是谁？"大广智说："他就是毗沙门天王的二儿子独健，领天兵救援安西。"没过几天，安西就送来奏章，说："前几天来了一位天神，金袍金甲。敌营中出现无数金鼠，把弓弦通通咬断了。我们打了大胜仗。"

这个故事这么玄乎，基本上可以断定是一行法师编出来的。显然就是玄奘法师记的那个于阗国传说，改了改时间、地点、人物而已。金鼠咬坏弓弦武器的故事，仍然没有变。唯一多出来的，是给金鼠找了个编制。人家以前是地头蛇（好吧，是地头鼠），在于阗国独享一份香火，不受任何人管的，这回居然听毗沙门天王调遣。这就说明毗沙门天王信仰兴盛后，野生的神鼠信仰敌不过，被毗沙门招安了。这在《西游记》里，就变成了老鼠精认了托塔李天王当义父。

而且《大唐西域记》里说这鼠王"金银异色"，到了《西游记》里变成了"金鼻白毛老鼠精"鼻子上那一点金色，还说明它是西域的血统。

老鼠娶亲

如果再往深处挖一挖，其实这个故事还有更多的好玩背景。

地涌夫人向唐僧求婚，可以看作是"老鼠娶亲"故事的一个变种。老鼠娶亲故事，又称"鼠婚故事"，遍及印度、中国和东南亚。这个故事的儿歌版是这样的，兴许所有读者小时候都听过：

> 哩哩啦，哩哩啦，敲锣鼓，吹喇叭，老鼠家里办喜事，有个女儿要出嫁。女儿嫁给谁？妈妈问爸爸。爸爸是个老糊涂，他说："谁神气就嫁给他。"爸爸就去找太阳，太阳说："乌云要遮我，乌云来了我害怕。"

然后老鼠爸爸又去找乌云、大风、围墙，最后围墙说："老鼠会打洞，老鼠来了我害怕。"爸爸一想：老鼠怕老猫。于是敲锣鼓，吹喇叭，老鼠女儿坐花轿，一抬抬到老猫家。老鼠爸爸和老鼠妈妈第二天来看女儿，咦，女儿不见啦！女儿在哪？女儿在哪？猫咪说："我怕人家欺负她，啊呜一口就吞下。"

这类故事，既可以是老鼠嫁女，也可以是老鼠招婿，还可以是老鼠娶媳妇。例如《广异记》里就记载了一个老鼠娶媳妇的故事：有户人家，有一个十几岁的女孩，宠爱得很，有一天忽然失踪了。家人急得找了一年多，死活找不到。一天忽然听到地底下传来小孩哭声，挖开一看，一个大洞！再挖，洞越来越深，挖到底，发现女孩坐在里面，手里抱着一个小婴儿。旁边蹲着一只斗大的秃老鼠，两撇小胡子。女孩见了家人，已经不认识了。父母这才知道，女儿是被老鼠精迷住了，就把那只大老鼠一棍子打死，女孩就哭喊起来："你们为什么打死我丈夫！"父母又从女孩手里把婴儿夺过来，摔死了。女孩哭得更凶了，哭着哭着，就断了气。

这里可以看出：老鼠是想和人类结亲的。虽然这是一只公老鼠，《西游记》里是一只母老鼠，但娶妻生子的目的却都一样。而且孙悟空跑到天宫去告状，打滚耍赖，太白金星还提醒过他：你省省吧，天上一日地下一年，你再闹一会儿，你师父和老鼠精都生出小和尚来了！

另外，当时的人，对女孩和妖精生的孩子，并不怜惜，说弄死就弄死。这似乎是一种普遍的心态。即便这小孩并不是一只老鼠，而是人类。即便是这孩子的亲外公外婆，也能下得去手。所以，猪八戒和沙和尚摔死百花羞的孩子，我们今天看当然觉得残忍，但在当时人的立场看，实在算不了什么。但是这女孩对老鼠丈夫被打死，只是伤心；孩子被打死，竟然伤心至死。这正是人性和社会习俗的巨大矛盾。

下面这幅图很有意思，正是《西游记》故事和老鼠娶亲故事的结合。

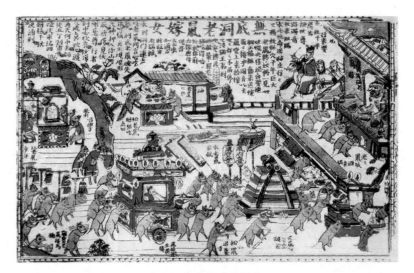

年画：无底洞老鼠嫁女

　　这幅年画是苏州桃花坞印刷的，画的就是无底洞老鼠嫁女，上面的文字大概意思是：唐僧师徒（右上角）到西天取经，路上经过无底洞，里面有个千年老鼠精。老鼠精要嫁唐僧，就给老猫王送了许多好吃的，请他来安排。老猫王受贿之后，就给唐僧做媒。观音菩萨听说了，就变成了猫精来到洞门，老鼠精吓得现了原形。观音菩萨命天兵天将，将老鼠精压在山底。唐僧得救。

　　这幅画里的老鼠，有扛牌的、打伞的、吹吹打打的，好玩的是最下一行，有一个"松鼠送果"。好吧，老鼠阵营真够广的！

灭法国国王与佛教杀人狂

灭法国的故事，1986版电视剧《西游记》里没有单独演，而是合并到玉华州的故事里了。其实在原著里是独立的两个故事。

灭法国的国王，因为被和尚骂了，所以特别讨厌和尚，许愿要杀一万个和尚，已经杀了九千九百九十六个，正好唐僧师徒四人来到。观音菩萨及时报信，孙悟空就进城偷了四身俗人的衣服，师徒们穿戴起来，假装俗人，进城找店投宿，找借口睡在一口大柜子里。不料晚上柜子被强盗当作财物抢去，很快又被官军缴获。孙悟空就半夜作法，变了千百个小猴，钻到灭法国的国王、王后、满朝文武家里剃头，第二天，君臣发现都没了头发，才幡然悔悟。这时捕盗官员将大柜送到。师徒四人钻出，告诫国王要遵信佛法，并把国名改为"钦法国"。

灭法国国王和鸯掘摩罗

这个故事和佛教的鸯掘摩罗的故事有点像。

鸯掘摩罗，也译作央掘摩罗、央仇魔罗、央崛鬘、鸯崛髻。佛陀在世时，他住在舍卫城里，相信杀够一千个人，就可以得涅槃。于是在城里杀害了九百九十九个人，切取各人的手指头，戴在头上作为鬘饰。然而还差一个。这时他的母亲拿着四种美食给儿子送饭。鸯掘摩罗就想：不如把我母亲杀了，让她升到天上。就拔剑上前要动手。这时佛陀到来，向鸯掘摩罗说法。鸯掘摩罗终于忏悔，放弃邪见，皈依佛法。

鸯掘摩罗发愿杀千人，杀了九百九十九个；与灭法国国王发愿杀一万个和尚，杀了九千九百九十六个，岂不是很像。

在灭法国里，孙悟空使了一个神通，使一国君臣都没了头发。原著这一段，写得笔墨开张，十分精彩：

现原身，踏起云头，径入皇宫门外。那国王正在睡浓之际。他使个"大分身普会神法"，将左臂上毫毛都拔下来，吹口仙气，叫："变！"都变做小行者。右臂上毛，也都拔下来，吹口仙气，叫："变！"都变做瞌睡虫。念一声"唵"字真言，教当坊土地领众布散皇宫内院、五府六部、各衙门大小官员宅内，但有品职者，都与他一个瞌睡虫，人人稳睡，不许翻身。又将金箍棒取在手中，掂一掂，幌一幌，叫声："宝贝，变！"即变做千百口剃头刀儿。他拿一把，分付小行者各拿一把，都去皇宫内院、五府六部、各衙门里剃头。咦！这才是：法王灭法法无穷，法贯乾坤大道通。万法原因归一体，三乘妙相本来同。钻开玉柜明消息，布散金毫破蔽蒙。管取法王成正果，不生不灭去来空。这半夜剃削成功。念动咒语，喝退土地神祇。将身一抖，两臂上毫毛归伏。将剃头刀总捻成真，依然认了本性，还是一条金箍棒，收来些小之形，藏于耳内。

其实"管取法王成正果，不生不灭去来空"已经透露出这段故事的原始出处。瞬间让人没有头发，这正是佛祖的大神通！如《增一阿含经》十五：

　　诸佛常法，若称善来比丘，便成沙门。是时世尊告迦叶曰：善来比丘！此法微妙，善修梵行。是时迦叶及五百弟子所着衣裳，尽变作袈裟，头发自落，如似剃发以经七日。

也就是说，只要佛祖向你说一句："善来比丘！"话音一落，你的头发就"嗖"的一声不见了，而且不像新剃的，而是像剃了七天一样。你的衣服也自动变成袈裟，身受具足戒。无论面对多少人，只需要这一句话！这里佛祖面对迦叶及五百弟子说一声"善来比丘"，五百多人的头发就齐刷刷地落个精光。

"善来比丘"，也说成"善来苾刍"，苾刍是比丘的另一种译法，例如《佛说大乘菩萨藏正法经》，佛给五百长者剃度：

　　尔时佛言："善来诸苾刍！"即时诸长者须发自落，袈裟着身，成苾刍相。

一句"善来诸苾刍"，就把五百位长者的头发全剃了！让人家当了和尚。

鸯掘摩罗呢？当然是被佛祖用这样的方法剃度啦，佛祖还亲手找刀子吗？例如《佛说鸯崛髻经》，说鸯崛髻（即鸯掘摩罗）

被佛祖点化后，发心皈依，佛祖就向他说了一句"善来比丘"。
于是，"时鸯崛髻须发自堕，身着袈裟在世尊后"，头发和胡子自
己掉下来，这和国王一夜之间没了头发很相似。

所以说，孙悟空在整部《西游记》里使了诸多神通，唯独这
个神通了不得！它已经接近佛祖的境界了！黄周星虽然没有看
出这个神通的出处，但也隐约觉得这一段写得漂亮，就在这里
评论说：

> 此一番普会神通，不但全部《西游》所未有，亦六
> 合内外、亘古亘今所未有。奇哉，奇哉！

另外，灭法国这个国名，应该也是根据"灭髪"（为了和"发
展"的"发"区别，暂时用一下这个繁体字）的这个典故取的。
所以清代的黄周星就说：

> 灭法国竟成灭髪国矣。孰知彼髪不灭，此法不生耶！

今天民间评书里，法官、斗法、法兰西，还经常读成"fà"。

另外，玄奘法师的《大唐西域记》里，提到了鸯掘摩罗的故
事，所以，这个故事变一变形式，进入《西游记》里，是完全可
能的。

观音报信

唐僧师徒经过灭法国前，还有一段观音菩萨报信，原著是这

么写的：

> 正行处，忽见那路傍有两行高柳，柳阴中走出一个
> 老母，右手下挽着一个小孩儿，对唐僧高叫道："和尚，
> 不要走了，快早儿拨马东回，进西去都是死路……那国
> 王前生那世里结下冤仇，今世里无端造罪。二年前许下
> 一个罗天大愿，要杀一万个和尚。这两年陆陆续续，杀
> 够了九千九百九十六个无名和尚，只要等四个有名的和
> 尚，凑成一万，好做圆满哩。你们去，若到城中，都是
> 送命王菩萨。"

这段菩萨报信，其实在南传五部经藏中部的《鸯掘摩罗经》
里，就有类似的记载：路人看见世尊走上前往盗贼鸯掘摩罗所在
的路上，对世尊说："沙门！不要前往这条路，沙门！这条路上
有位名叫鸯掘摩罗的盗贼，是凶暴者、血手者、执意杀害者、对
活的生物不同情者，十人、二十人、三十人、四十人、五十人成
群前往这条路，他们仍栽在盗贼鸯掘摩罗的手上。"然后释迦牟
尼使出神通，鸯掘摩罗怎么追也追不上。鸯掘摩罗于是醒悟，把
凶器扔到了山涧里。可见，鸯掘摩罗故事本来就有报信的情节的。

灭法国与明代制度

灭法国故事写的是人类社会，当然是比着当时的明代社会
写的。

纪晓岚就注意过灭法国的问题，他在《阅微草堂笔记》卷九

《如是我闻三》里记，吴云岩家扶乩，请来了丘处机降坛。在场的一个人问道："《西游记》是不是您老人家所写用来显示金丹奥义的？"乩笔批道："是。"那人又问："您是元初的人，但书中祭赛国里有锦衣卫，朱紫国有司礼监，灭法国有东城兵马司，唐太宗有大学士、翰林院、中书科，都是明朝的制度。这是为什么呢？"乩笔就不动了。再问，也不回答。原来这位"丘处机"已经逃跑了。

祭赛国不但有"锦衣卫"提审奔波儿灞、灞波儿奔两个小妖，居然还用到了提犯人的"驾帖"，原文说："行者道：待我们奏过了，自有驾帖着人来提他。"真是像模像样！

灭法国这一段也是这样，书中写到官军缴获了大柜，报到朝廷：

> 只见那武班中闪出巡城总兵官，文班中走出东城兵马使。当阶叩头道："臣蒙圣旨巡城，夜来获得贼赃一柜，白马一匹。微臣不敢擅专，请旨定夺。"国王大喜道："连柜取来。"二臣即退至本衙，点起齐整军余将柜抬出。

东城兵马使其实就是五城兵马司指挥使之一的五城兵马司。是东、西、南、北、中城兵马指挥司的合称，负责分区。管理京城捕盗和疏通沟渠、街道等事务（有点像东城、西城、海淀、朝阳的公安局）。但是为什么属于"文班"？可能是因为明代五城兵马司隶属于主管监察、弹劾的都察院，所以才叫"文班"。

这里还涉及一个词"军余"。军余，是指未取得正式军籍的军人。《明史·华敏传》："又有华敏者，南京锦衣卫军余也。"

《西游记》里的明代制度还有很多，例如宫城的后门都叫"后宰门"。不仅乌鸡国的宫城后门叫"后宰门"，连狮驼国宫城的后门也叫"后宰门"。明代北京和南京宫城以南门为正门，均称正阳门，北门为后门，均称后宰门。如吕毖《明朝小史·崇祯纪》记崇祯帝"缢于后宰门煤山之红阁"。这个后宰门，其实就是今天的故宫的神武门。

另外，师徒四人在金殿见假的乌鸡国王，有这么一段：

> 唐僧道："都进去，莫要撒村，先行了君臣礼，然后再讲。"行者道："行君臣礼，就要下拜哩。"三藏道："正是，要行五拜三叩头的大礼。"

五拜三叩头是明代朝见皇帝的礼仪。俯首至手为拜，五次；叩头至地为叩，三次。到了清代，才改为"三跪九叩"，《明世宗实录》嘉靖元年（1522）正月一日，"上御奉天殿，文武百官及四夷朝贡使行五拜三叩头礼"。今天我们说见了皇上要三跪九叩，这是清代制度。有好多小说影视剧，以为从有皇上开始，朝见的礼节就都是三跪九叩，不管唐宋元明，都这么编这么演，这是欠考虑的。

瞌睡虫和豹子精的秘密

唐僧师徒在隐雾山折岳连环洞，遇到了豹子精。这一回，就故事本身而言，没什么讲头。连清朝的黄周星都嫌这位豹子精太没劲了：

> 西方大小诸妖，有神通者，固神通矣。即无神通者，亦尚有意致。若其间绝无意致者，惟黑水河之鼍、青龙山之犀与连环洞之豹耳。天下无事无差等，魔怪之中，亦复有优劣耶？

几百年后，我能体会到这位黄老先生的无奈，他的规矩和我是一样的，整整一百回，每回他都要点评一段。只是我一般都是评三千字左右，他只评一二百字。饶是如此，这一回实在没啥可评的。因为只要这一回里还"有"点什么，他断然不会说"无"什么。沦落到说"无"什么的时候，那就是真的没什么话讲了，怎么办啊怎么办？

豹子精不会什么变化，也没什么法宝，论武艺，也打不过孙猪联手；甚至孙悟空胜得都太轻易了！爬进去放两个瞌睡虫，就连窝端了。

那就聊聊这个瞌睡虫吧。

瞌睡虫其实很可怕

《西游记》多次提到瞌睡虫。但有时候说是和天王猜枚赢的，有时候说是孙悟空自己用毫毛变的（见偷御酒、朱紫国、灭法国、隐雾山故事）。猜枚的天王也不一样，在五庄观说是在东天门和增长天王，在狮驼国则说是在北天门和护国天王。这种差异大概是因为作者统稿没注意造成的，好在于剧情没有妨碍，我们暂时不管它。

这个瞌睡虫到底是不是孙悟空的独家发明？其实也不是，我们在佛典里可以找到它的来源，例如《正法念经》：

> 复以闻慧，或以天眼，见嗜睡虫，其形微细，状如牖尘，住一切脉，流行趣味。住骨髓内，或住肉内，或髑髅内，或在颊内，或齿骨内，或咽骨中，或在耳中，或在眼中，或在鼻中，或在须发。此嗜睡虫，风吹流转。若此虫病，若虫疲极，住于心中。……虫则睡眠，人亦睡眠。

什么意思呢？佛经认为，我们人体内有一种嗜睡虫，像窗户上的尘土那样小，住在人体的血脉、骨髓、颅骨、脸上、牙齿缝里（好么，牙里都有瞌睡虫！）、耳朵、眼睛、鼻子、胡子里。这种虫子特别贪睡，如果它病了、累了，就会爬到心里睡着了。虫子睡着了，人也就睡着了。

说到这里，可能大家还觉得挺好玩。但是接下来就没那么好玩了。因为佛教认为，人体是一个大虫子窝，睡虫只是其中一种：

于髑髅内，自有虫行，名曰脑行，游行骨内，生于脑中。或行或住，常食此脑。

复有诸虫，住髑髅中，若行若食，还食髑髅。

复有发虫，住于骨外。食于发根。以虫嗔故，令发堕落。

复有耳虫，住在耳中，食耳中肉。以虫嗔故，令人耳痛，或令耳聋。

复有鼻虫，住在鼻中。食鼻中肉。以虫嗔故，能令其人饮食不美，脑涎流下。以虫食脑涎，是故令人饮食不美。

复有脂虫，生在脂中，住于脂中，常食人脂，以虫嗔故，令人头痛。

复有续虫，生于节间。有名身虫，住在人脉。以虫嗔故，令人脉痛，犹如针刺。

复有诸虫，名曰食涎，住舌根中。以虫嗔故，令人口燥。

复有诸虫，名牙根虫，住于牙根。以虫嗔故，令人牙疼……

脑子里有吃脑子的虫（这就是三尸脑神丹的来源之一！另一个来源是道教的三尸神），头发根有吃头发的虫，鼻子里有吃鼻子肉的虫（难道叫鼻涕虫？），脂肪里有吃肥肉的虫（话说这种虫倒还不错，养几只减肥用），牙根里有让人牙疼的虫……想想佛经认为脑袋里、身上，全都住着一窝一窝的虫子，好可怕。

豹子精是个概念妖精

我们查一查《太平广记》《夷坚志》等专记神仙鬼怪的书就会发现，动物成精，也是有物种差异的，一般来说，排名比较靠前的物种：龙第一，狐狸第二，老虎第三（如果龙不参加比赛那就是狐狸第一，老虎第二），还有猿、蛇、鼠等，排名都很靠前。这些动物，除了龙，都是在陆地上活动的。水里的物种，除了龙之外，成精的也少，什么鳄鱼精、虾精、螃蟹精还偶尔一见，花蛤精、海瓜子精、海蛎子精、多宝鱼精就从没听说过。豹子虽然是陆地动物，形体也不小，然而奇怪得很，除了极少数谐隐小说（荆棘岭树精作"猜猜我是谁"诗即是）里提到之外，似乎难以见到其踪影，和"狼虫虎豹"动辄被提起的情况太不相称。

这是为什么呢？因为豹子这种动物，地位很尴尬。

比如老虎，人是肯定打不过它的，当然就能从它吃人的特性出发，编出很多老虎精的故事；狐狸、黄鼠狼、蛇、刺猬、老鼠（所谓胡、黄、白、柳、灰五位大仙），虽然不是力量型选手，但神出鬼没，人们对它们也有敬畏；马、牛、羊、鸡、狗、猪呢，和人类非常熟悉，被编出神异事情的概率就很高。顺便说一句，别看猫狗同属宠物，狗精就比猫精多得多。

豹子这些比较优势都没有：论力量，不如狮子老虎；论隐蔽性，却又不如胡黄白柳灰，人们对它就少了很多敬畏；豹子的强项是速度快，人类远远不是对手，可惜正因为不是对手，反倒用不上。大概在羚羊的世界里，豹子有可能大规模成精。

所以，《西游记》里安排了这样一只豹子精，纯粹是从概念出发来写的。这从豹子精的住处隐雾山就能看出来。为什么叫隐雾山呢？这是《列女传·陶答子妻》的一个典故：

> 妾闻南山有玄豹，雾雨七日而不下食者，何也？欲以泽其毛而成文章也。

南山有一只黑豹，有雾或下雨的时候，连着七天不下山来找食吃，为什么呢？它想在雨雾蒙蒙的环境里养它的皮毛，长出漂亮的花纹。这就是豹子精住隐雾山，号南山大王的出处。

这个典故，后来用来比喻藏身远害、遁迹待时。这一回一上来，就拿雾来大做文章：

> 说不了，又见一阵雾起。那雾真个是：漠漠连天暗，濛濛匝地昏。日色全无影，鸟声无处闻。宛然如混沌，仿佛似飞尘。不见山头树，那逢采药人。三藏一发心惊道："悟空，风还未定，如何又这般雾起？"

雾是起到迷惑的作用的，所以这豹子精抓唐僧的手段，也是所谓"分瓣梅花计"，三个小妖都变得与豹子精一模一样，把孙、猪、沙引走。要说他手下这小妖还真不赖，以孙悟空的火眼金睛，都没看出破绽。可见迷惑人的效果很显著。甚至孙悟空他们打上门来，也上了豹子的当。柳树根砍的假人头倒也罢了，那个真人头，难道相貌是不是唐僧，三个人都不认识？只能猜测孙悟空他们是有受豹子精迷惑的成分在。

最后妖精现了原形，是一只艾叶花皮豹子精。艾叶豹，又称云豹。《本草纲目》卷五十一："其文……如艾叶者，曰艾叶豹。"

豹子精这一回的看点

豹子精这一回，一没神通，二没法宝，三没背景，四没床戏。就连大蟒精，也靠恐怖的形象赢得一点异形动物加分。豹子又不是啥稀罕物种，它是靠什么来撑起这一回的？难道只靠概念？

答案是看文笔，这回很多地方都可圈可点。

其实《西游记》的文笔一贯地好玩，只是大家都注意故事情节去了，反而注意不到文笔有多好。

《西游记》作者不善于写诗，但真的不妨碍他写故事的弹指神通。有时候，一句话就能点睛一篇文字，比如写豹子精手下那个小妖：

> 老怪大惊道："不知是那个寻将来也。"先锋道："莫怕！等我出去看看。"那小妖奔至前门，从那打破的窟窿处，歪着头往外张，见是个长嘴大耳朵，即回头高叫："大王莫怕他！这个是猪八戒，没甚本事，不敢无理。他若无理，开了门，拿他进来凑蒸。怕便只怕那毛脸雷公嘴的和尚。"

"从那打破的窟窿处，歪着头往外张"，十四个字，就能看出水平！如果是俗手写，那就是"小妖往外看了一眼，看见是猪八

戒"。然而如何回头高叫呢？如果还高叫："大王莫怕他！这个是
猪八戒。"毛病在哪？毛病就在于重复了。第一个猪八戒，透了
底！小妖眼里，确确实实只是个长嘴大耳朵，他关注的也只是对
方是不是"毛脸雷公嘴的和尚"。然后回头一叫，才叫出是猪八
戒。短短的一句话，竟然有一波三折，一波比一波高。

　　更何况，这个"歪着头往外张"，也是一句自带萌点的话。
《三国演义》里，关公能"歪着头往外张"？司马懿兵临城下，
诸葛亮在城楼之上抚琴，能"歪着头往下张"？

　　要我说，这回故事情节其实很一般。但这位作者特别善于没
话找话，凡是能铺排演绎的地方，他永远不会放过去，比如孙悟
空去妖精洞的后门，想变化了进去。按说变化就变化呗，按我们
普通人的写法，不过是"掐诀念咒，摇身一变"，可这里偏偏也
会一波三折：

　　　　又见洞那边有座门儿，门左边有一个出水的暗沟，
　　沟中流出红水来。他道："不消讲，那就是后门了。若要
　　是原嘴脸，恐有小妖开门看见认得，等我变作个水蛇儿
　　过去。且住！变水蛇，恐师父的阴灵儿知道，怪我出家
　　人变蛇缠长；变作个小螃蟹儿过去罢，也不好，恐师父怪
　　我出家人脚多。"即做一个水老鼠，飕的一声撺过去。

　　这段无非是说孙悟空最后变了个水老鼠，用得着前面那么多
废话吗？可这样一来，正剧就变成了喜剧，想不到的地方，都透
着好玩了。

　　《西游记》的一个个的故事，最后的情节都是把唐僧救出来。

按说这一回之前，各种打怪斗法，各种精彩都写绝了。这里再写到救唐僧，也就真的没什么可写了。闭着眼想想，不过是进到洞里，把绳子解开，放唐僧出来，就完事了呗，还能有什么新鲜？可这回书解唐僧都演出一段故事：

> 长老道："徒弟，快来解解绳儿，绑坏我了！"行者道："师父不要忙，等我打杀妖精，再来解你。"急抽身跑至中堂。正举棍要打，又滞住手道："不好！等解了师父来打。"复至园中，又思量道："等打了来救。"如此者两三番，却才跳跳舞舞的到园里。长老见了，悲中作喜道："猴儿，想是看见我不曾伤命，所以欢喜得没是处，故这等作跳舞也？"

这一段简直就是"乐得找不着北"的注脚。这一回，虽然很短，故事很简单，但每一个点，作者都不肯轻易放过去，必然要摇曳波折一番，才肯把情节往下推，这其实是驾驭文字的本事！名手和俗笔，往往区别就在这里。因为靠剧情，靠场面，靠稀奇古怪的人物，靠异形法宝道具，是分不出影视剧和文字的区别的。而这里举的这几段，我们从中获得的乐趣，是阅读文字所专有的！电视、电影怎么表现这几段？反倒显得苍白了！所以，文字必须靠质感和波折使我们百读不厌，古人论书法常说"一波常三过折笔"。这种质感，是影视剧改编永远表达不出来的。

《西游记》的可爱小妖们

《西游记》有许多小妖，包括花果山的小猴，他们虽然是龙套，但也被写得各具神采。这一节，我打算致敬他们。

花果山四健将

《西游记》最早出现的小妖，当然要追溯到孙悟空在花果山时期当妖猴的时候，手下有四万七千群妖，其中为首的是四健将。

> 猴王将那四个老猴封为健将，将两个赤尻马猴唤做马流二元帅，两个通背猿猴唤做崩芭二将军。将那安营下寨，赏罚诸事，都付与四健将维持。

这里的健将当然不是游泳健将、跳远健将的健将，而是指英勇善战的将领。这个词最早见于《后汉书·吕布传》："（吕布）与其健将成廉、魏越等数十骑驰突燕阵，一日或至三四，皆斩首而出。"后来在元杂剧里还发展了，例如郑德辉的《虎牢关三战吕布》就编出一个"八健将"，是杨奉、侯成、高顺、李肃、李儒、何蒙、陈廉（就是成廉）、韩先八位。这自然是从《吕布传》里过来的。想来《西游记》里的健将，应该是受了这类"健将"的影响了。

今天有些出版社，标点作"马、流二元帅"，"崩、芭二将军"，这个标点是错误的。"马流"不能拆开。马流也写作"马留"，就是猴子。宋代赵彦卫《云麓漫钞》卷五："北人谚语，曰胡孙（即猢狲）为马流。"马流当源于北方少数民族语言，如满语至今称猴子为 monio。有广东、福建的朋友告诉我，他们那边也管猴子叫"马流"，假如是常用词，那说明还真可能保留了古语。观音菩萨在鹰愁涧见到孙悟空也说：

> 我把你这个大胆的马流，村愚的赤尻！我倒再三尽意，度得个取经人来，叮咛教他救你性命，你怎么不来谢我活命之恩，反来与我嚷闹。

然而这个"崩芭"，却不知道什么意思，可能来自元代以后少数民族语言的拟音，如蒙古语小老虎即谓之 bambar，音"班巴尔"。"崩芭"二将军，恐怕意思就是"虎将"。另外，北师大李小龙先生认为崩芭可能是从印度的语言转来，印地语 ēra，意思是猴子。也可以参考。

奔波儿灞和灞波儿奔

有很多朋友都喜欢问"奔波儿灞"和"灞波儿奔"这两个名字的来源，一般我都会向他们推荐北师大李小龙先生的考证。先不管结论如何，我觉得至少考证的思路是很有意思的，不妨再把李小龙先生的观点概括一下：

历史上的玄奘法师，走的是甘肃、新疆，然后折向南，一路经中亚国家进入了印度。而《西游记》很有意思，可能是明代开始取道西藏与印度交通，里面不停地提到玄奘法师并没有经过的"乌斯藏"。例如猪八戒，就写成是乌斯藏高老庄人氏（实在难以想象一个"巴扎黑"的猪八戒）。祭赛国似乎也与西藏有关。

西藏又称为吐蕃，"蕃"（藏语 bod）和西藏原始宗教苯（bon）有关：藏人称藏地的居民为本巴（bod-pa）；而原始宗教苯后经过辛绕米保切的改造，成为苯教（bon-po），音译为"苯波""本波"甚至"崩薄""奔布尔"［实际上"蕃"（bod）和"苯"（bon）也是互用的］。苯教的"奔布尔经"也叫"奔波经"。

所以，"奔波儿灞"很可能是"bon-po-pa"的音译，意为"苯教之人"或"吐蕃人"。也就是说，作者让这两个小妖出自吐蕃，便依他对乌斯藏的粗浅了解，用音译的方式给它起了这样的名字。

小妖的牌子

赛太岁的有来有去、狮驼岭的小钻风，都有腰牌。这个腰牌，是古代的通行证或身份证明，例如在朱紫国的那一回，孙悟空打死了有来有去：

> 却去取下他的战书，藏于袖内；将他黄旗、铜锣，藏在路旁草里；因扯着脚要往涧下摔时，只听当的一声，腰间露出一个镶金的牙牌。牌上有字，写道："心腹小校一名，有来有去。五短身材，圪挞脸，无须。长川悬挂，无牌即假。"

挖挞就是疙瘩，长川就是长期、经常。这正是元代以后的腰牌制度，可与清代王鑫《练勇刍言·腰牌制度》对照着看：

> 宽用一寸五分，长用一寸八分，厚用一分。上横书某营，中直书姓名，右旁注住某县某都，地名某处，及身之长短，须之有无。左旁注年若干岁，某人保，某年月日入营。若平日作何生理，及其父母兄弟妻子，则另注于名册上。

这里说了，一定要写面部特征，主要是有没有胡子！是什么意思呢？这相当于贴了一张相片。因为古代没有照相技术，所以在需要辨明身份的证件上用文字描述证件主人的相貌特征，如"面黄有须""面黄微须"等。有没有胡子最容易辨认。《儒林外史》第四十五回无为州官府公文："要犯余持，系五河贡生，身中，面白，微须，年约五十多岁。"也是这样的。

其实腰牌还算是简单的，因为毕竟空间太小，没那么多字可写，就简化为脸色、胡须两项了。宋代有告身制度，明代吕坤《实政录》、余自强《治谱》等执政手册，列出了许多选项，看看，是不是很像有些手机游戏的自定义头像？

基本信息：某人、年若干岁、身长几尺。

身高选项：身长、身中、身短。

体型选项：身肥、身瘦。

胡子选项：无须、微须、多须。

脸型选项：方面、长面、圆面、瓜子面……

颜色选项：白色、黑色、紫棠色、黄色、赭色……

皮肤质感：面光、面麻、有疤。

眼睛选项：大眼、小眼。

脸蛋伤痕：一道、两道、三道……N 道（同时要注明位置，在腮下、额头上……）。

附件：几个痦子、几个痣、几个瘤子……

清朝紫禁城也实行腰牌制度，没有这个牌子，擅入皇城及宫殿门、午门、东华门、西华门、神武门及禁苑者，各杖一百，擅入宫殿门杖六十、坐一年牢；擅入御膳房和皇上住的地方，绞刑。有牌不带，打八十杖。

其实上面那些选项如果真的写清楚，那和照片也就差不多了，甚至有时候比照片还强。因为这些定义都是些逻辑条件，可以一条条去比对。有意思的是，清政府好像到后来越来越没钱，早期发铜、木牌子，到了晚清就是纸牌子了。但也有一项大改进：摄影技术传入中国后，牌子上开始贴太监的相片。这就和我们平时开会时脖子上挂的吊牌是一回事了。

有来有去的腰牌上，还有一句话"长川悬挂，无牌即假"，这句话也是从腰牌制度上套用来的。例如嘉峪关出土过一块腰牌，上写"凡守卫官军悬带此牌，无牌者依律论罪。借者及借与者罪同"，也是这个意思。

小妖很像小朋友

《西游记》写了形形色色的小妖，但这些小妖，包括花果山的小猴，都不觉得可恶，反而很可爱。比如花果山小猴"都是一窝风，一个个跳天搠地"；精细鬼、伶俐虫和孙悟空换葫芦，哪吒太子把天遮了，孙悟空就骗他们说是在东海边上。小妖大惊道："罢！罢！罢！放了天罢。我们晓得是这样装了。若弄一会子，落下海去，不得归家！"孙悟空把天"放"出来后，小妖便笑道："妙阿！妙阿！这样好宝贝，若不换呵，诚为不是养家的儿子！"前一会儿惊，后一会儿笑，也只有小朋友会有这样的感情变化。惊的时候就怕"回不了家"，笑的时候就说"不换不是养家的儿子"，这其实也是小孩子的心态。

其实孙悟空也一样，他在狮驼岭变"总钻风"，非得变得比小钻风高三五寸，这就是小孩子比身高的心态。小钻风见了孙悟空，一连说："我家没你呀""面生，认不得！认不得！""你刚才是个尖嘴，怎么揉一揉就不尖了？疑惑人子！大不好认！不是我一家的！少会，少会！可疑，可疑！"成年人讲话，肯定不会这么重复啰唆，只说一句"我不认得你"也就完了。只有小朋友才会说"上街街""坐车车"……一大串话。比如我在街上走，旁边一个人和我打个招呼："哟，你就是写大话西游的那个什么李天飞吧。"我一脸萌状，嘴里碎碎念："我不认识你呀。面生，面生，不认得，不认得，可疑，可疑，我走啦，我走啦。"估计这位得嘀咕一句"神经病"。

又比如黄风怪的一个小妖：

> 又见那洞前有一个小妖，把个令字旗磨一磨，撞上厅来报道："大王，小的巡山，才出门，见一个长嘴大耳朵的和尚坐在林里；若不是我跑得快些，几乎被他捉住。"

这句话细读就很有意思，整句的口吻，就像个小朋友说："爸爸爸爸，刚才树林里，有一只特别大特别大的狗，它看见我就要咬我。"成年人和小朋友讲话的重点是不一样的，只有小朋友才非常诚实地具体地说话。如果是成年人来说这句话，肯定是："大王，外面有个和尚，可能对我们不利，他长得有点奇怪……"一般等对方追问"到底什么样"，他才会说"长嘴大耳朵"。因为小朋友对事物的表面现象更感兴趣，比如长嘴大耳朵啦，多大的猫猫狗狗啦，所以更偏好具体的描述；而成年人更偏好利害的判断和事情的概括。假如一个成年人像小朋友这样说话，别人就会认为是废话了。

"把个令字旗磨一磨，撞上厅来报道"，这句话也很有意思。磨旗，就是摇旗。其实这句话就是写了两个事，一是摇旗，二是撞上厅来。这两件事，同时发生也未尝不可，但分开写就有童趣。有点像迪士尼动画片里的人逃跑，不是一上来就跑，而是两只脚先在原地做旋风状，然后蹿出去。另外"撞上厅来"也很有意思，成年人是"走上厅来"或"跑上厅来"，用个"撞"字，儿童的冒失尽显。

《西游记》本身，童话色彩很重。有了这个前提，就可以理解一种现象：作者写这些小妖，往往笔调是很轻松的；谁知一转眼就安排孙悟空把他们打死。

如果站在成年人的角度来看，这未免残忍了点儿，然后据此讨论是善是恶、是对是错。但如果站在小朋友的视角，把这件事理解为一场游戏，恐怕就不觉得那么残忍了。首先，按剧情小妖就是被打死的。其次，这就像小朋友做游戏，本来就没分什么善恶对错，往往就是向对方比画一枪，"啊，你死了"，对方就得闭上眼睛躺下，这有啥残忍可言？

只可惜我们在成年人的世界生活惯了，看什么问题都要带上利害的判断。把许多单纯有趣纯好玩的事，当成有目的有预谋的事去理解，就容易想偏，给这些很童真的内容，罩上一层成年人的色彩，这不能不说是一种遗憾！今天翻拍《西游记》的很多，有时候总觉得缺了点什么，可能就是太重视所谓的"意义"。有些人看到正义，有些人看到阴谋，有些人看到修炼，有些人看到慈悲，殊不知其中看似毫无任何意义的童心童趣，本来就是最宝贵的！

如何计算玉帝的降水量?

唐僧师徒路过凤仙郡,发现当地大旱,就为当地求来了一场大雨。

这段故事,其实写的是明代很现实的两件事:干旱和求雨。

地方官的求雨

车迟国那回已经写了一段求雨。这容易给我们一个错觉:求雨的一定是道士。其实并不一定。连车迟国的一个道士也说:"因当年求雨之时:僧人在一边拜佛,道士在一边告斗,都请朝廷的粮饷;谁知那和尚不中用,空念空经,不能济事。后来我师父一到,唤雨呼风,拔济了万民涂炭。"这里更可以看出,和尚,甚至政府官员自身,都是可以组织求雨的。所以唐僧一进凤仙郡,就看到:

> 又到市口之间,见许多穿青衣者左右摆列,有几个冠带者立于房檐之下。

这一段,其实就写明了是政府组织求雨。古代求雨者常穿青衣，在汉代就已经是这样了。《春秋繁露》卷七十四有汉董仲舒求雨的方法：求雨的人都穿青衣，在城东门外筑一座八尺见方的坛。八个小孩，穿青衣，舞龙。旁边管地方农事的小官，也穿青衣，站在旁边。

这个风俗，一直延续到唐宋以后。唐宋求雨的办法，是人们用大瓮盛水，插上柳枝，抓一些蜥蜴来，放在水里。小男孩们穿上青衣，环绕大瓮唱："蜥蜴蜥蜴，兴云吐雾。降雨滂沱，放汝归去。"但是蜥蜴这东西，也不是那么好抓。宋朝有一年京城大旱，开封府着急求雨，急需许多蜥蜴，老百姓抓不到，只好找了许多壁虎（又叫蝎虎）代替。但壁虎这东西不像蜥蜴，扔到水里就淹死了。小朋友就改了唱词："冤苦冤苦，我是蝎虎。似恁昏沉，怎得甘雨？"

至于为什么管这个地方叫"凤仙郡"这么香艳的名字？似乎是和凤仙花能预报晴雨有关。清赵学敏《凤仙谱》："凤仙能知雨，凡天阴叶上仰者，其日必雨；不仰则无雨。"连凤仙郡都不知晴雨了，可见干旱太严重了。

接玉皇习俗

据玉帝说，他惩罚凤仙郡的原因是：

那厮三年前十二月二十五日，朕出行监观万天，浮游三界，驾至他方，见那上官正不仁，将斋天素供，推倒喂狗，口出秽言，造有冒犯之罪。

十二月二十五日，玉帝下凡，巡查人间善恶，这是一个很普遍的民俗，叫"接玉皇"。例如明刘侗《帝京景物略》卷二：

> （十二月）廿五日，五更焚香楮（烧纸），接玉皇，
> 曰玉皇下查人间也。竞此日，无妇妪詈声。三十日，五
> 更又焚香楮送迎，送玉皇上界矣，迎新灶君下界矣。

这天家里从大到小，是不能有斗嘴的，否则就是对玉皇不恭。然而这还有个好玩的问题：

此前两天，即腊月二十三，民间习俗是"祭灶"，送灶王爷上天，家家供奉糖瓜糖果，据说是为了粘住灶王爷的嘴，不让他说坏话，"天上言好事，回宫降吉祥"。然而奇怪的是，既然嘴粘住了，坏话固然说不得，好话岂不是也说不得了？于是又有一说，认为给灶王爷吃甜食，只是为了让他高兴，上天才能多说好话，并非粘住嘴的意思。然而无论如何，下情是不能上达了。

灶王上天汇报这件事，不如说是道教司命神的一种延续。每个人都有司命神，也有说叫三台北斗神君的，他手里有许多小棍，一根代表一百天。只要干了一件好事，司命神就给他的寿命添上几根棍；干一件坏事，就减几根棍。比如斋戒一日，增寿一百天；但奉道弟子对老师不恭敬，就减寿二十四年。灶王也是这样，据说有的地方画灶神，背后还画两个小罐。一个是善罐，记好事，一个是恶罐，记坏事。恶罐（贯）满盈了，这家人就没救了（当然"恶贯满盈"是从《尚书》来的，民间根据"贯"字编出来两个罐子）。

然而，按说灶王上天之后，用善恶罐子也好，口头汇报也

好，已经秉公执法，把这家的善恶报给玉皇了。玉皇何苦两天后还要亲自下界，巡查人间善恶，直到腊月三十才回去？我想，灶王回天上去的这七天，相当于放假。而人间又需要神明的监察，以防这七天放纵得过了头（其实从"过了二十三就是年"这句俗语中，可以体会出人们意图放纵的心态）。这就很像一个政府机关，年假时，职工们都放假回家了，几位大领导反倒要安排轮流值班，防止出事。

另外，早期的司命神是无法和他讨价还价的——居然还想用糖封他的嘴？这是不可能的事。谁知灶王变成民间俗神之后，开始和民间有了权力寻租，收受贿赂（哪怕只是小小的一块糖）。然而收受贿赂之余，人们又觉得虽然免祸的愿望满足了，公平的愿望反而缺失了，于是叠床架屋地多出一个更高等级的玉皇来下察人间。这等于说，神界的监察制度，也被我们人类越搞越复杂了！这个微妙的矛盾心态与有些人一方面希望法律公平，一方面又想钻法律的空子是一样的。

玉帝的降水量是怎么算出来的？

凤仙郡的降雨，玉帝是这么说的：

> 玉帝闻言大喜，即传旨："着风部、云部、雨部各遵号令，去下方，按凤仙郡界，即于今日今时，声雷布云，降雨三尺零四十二点。"

其实这种命令方式，在梦斩泾河龙那一回也提到了：

龙曰："明日甚时下雨？雨有多少尺寸？"先生道："明日辰时布云，巳时发雷，午时下雨，未时雨足，共得水三尺三寸零四十八点。"

他挨到那巳时方布云，午时发雷，未时落雨，申时雨止，却只得三尺零四十点，改了他一个时辰，克了他三寸八点。

这里为什么要写明什么时候布云、什么时候发雷、什么时候下雨，以及这么精确的降雨量呢？

其实《西游记》里描写降雨，经常标明时辰、尺寸。这其实是因为秦汉就有的降雨量报告制度，叫"雨泽奏报"。这个制度发展到唐宋时，更加格式化、尺度化。地方呈报时需写明某时下雨、某时雨止、得水尺寸等，例如宋真宗咸平四年（1001）和宋哲宗元祐四年（1089）的规定：

诸州降雨雪，并须本县具时辰、尺寸上州，州司覆验无虚妄，即备录申奏，令诸官吏迭相纠察以闻。

诸州旬具有无雨雪申户部，开坐县分所降尺寸及月日时，本部逐旬缴进奏。

也就是说，宋代雨泽奏报有两方面内容：一是降水时间，具体精确到时辰；二是降水量，要说明具体尺寸。这个规定，明清一直在沿用。例如朱元璋规定：

某衙门某官臣姓某谨奏为雨泽事。据某人状呈，洪武几年几月几日某时几刻下雨，至某时几刻止，入土几分。谨具奏闻。以上为雨泽事起，至入土几分止，计字若干个纸几张。

这连时刻甚至字数都规定好了（但实际上，下面遵守得并不严格）。

有朋友问：为什么《西游记》里动辄就说三尺三寸？这都一米多深了，有那么大的雨吗？这当然是小说家言，不能当真。但是这还真涉及另外一个问题，地方官是如何测降雨量的？

地方政府均有测量降雨量的容器，称为天池盆。测天池盆中水深尺寸，即可知降雨量。但天池盆口大底小，测得其深度后，需要换算，才能得出平地水深。如宋秦九昭《数书九章》还有一道题：

今州郡多有天池盆，以测雨水。……假令盆口径二尺八寸，底径一尺二寸，深一尺八寸，接雨水深九寸。欲求平地雨降几何？答曰：平地雨降三寸。

可见天池盆所接雨水深，往往是平地雨水深的好几倍。测得降雨量后，须向上级汇报，但官员经常把这种虚数报上去。司马光曾说："诸州县奏雨，往往止欲解陛下之焦劳，一寸则云三寸，三寸则云一尺，多不以其实。"（《续资治通鉴长编》卷二五二）由此可以理解《西游记》中为何动辄降雨三尺以上，除了小说家言外，实际上未必是实际水深，虚报的是原来降雨量的三四倍。

真实的雨泽报告，只精确到几寸几分，无法再精确了。然而《西游记》竟然精确到四十八个雨点或四十二个雨点，就有点匪夷所思了。清代的黄周星就觉得多余了，他批道："定要余几十几点何也？岂无零不成数耶！"龙王下雨难道数着雨点下吗？

然而精确到这个程度，还真是空穴来风。因为古代官府的计量单位，有令人极其惊讶的分度值，比如乾隆时期的《潮州府志》《苏州府志》等方志都列举了当地征税的税额：

农桑地每亩征银二分六厘九毫四丝三忽四微八金九沙八尘六埃六渺七漠一末九逡。

塘山每亩征银一分九厘五毫二丝四忽七微八金九沙三尘八埃三渺一末零一逡一巡。

征米一升一合七勺五抄九撮二圭九粟四粒八截六糊三糠。

分下面是厘，厘下面是毫，毫下面是丝，俗语"分厘毫丝都不差"，这倒没啥。然而丝下面居然还有忽、微、金、沙、尘、埃、渺、漠、末、逡、巡至少十二个单位！（巡下面还有须）

这个精确度也未免太高了吧？我们暂且按重量单位换算一下：

1 分 =500 克（1 斤）÷16（旧制十六两为一斤）÷10（十钱为一两）÷10（十分为一钱）=0.3125 克 ≈ 0.3 克。

1 厘 =0.03 克。1 毫 =0.003 克。1 丝 =0.0003 克。1 忽 =0.00003 克。1 微 =0.000003 克。……

依次类推，1 巡 =0.000000000000003 克。数量级是 10^{-15}。须还是巡的十分之一。

现实中什么物体的重量能达到这个数量级呢? 网上找的资料: 一个普通细胞, 大概是 10^{-12} 克, 一个病毒, 大概是 10^{-15} 克!

也就是说, 在明清时代, 每亩地征的银子竟然可以精确到一个病毒的重量?

这当然是不可能的。这是任何戥子、杆秤也称不出来的一个数。就是今天的超微量电子天平, 大概也只能称到 10^{-6} 克, 就是上面 1 微的重量。所以这恐怕只是账面上的数字, 比如用总税额除总面积, 得出一个单位面积的纳税额, 这个数一般不会是整的。

所以不妨拿玉帝开个玩笑, 我们可以这样戏说一下: 玉帝每年有一个降水量的总额, 有一个需要降水的总面积, 两者一除, 是单位面积上需要下的雨, 这个数字一般肯定是挂零的。而每道旨意上的降雨量, 都是以单位面积降雨量为基准算出来的, 所以每次都出现这种吊脚挂零的数字。由此看来, 玉帝降雨的精确度比我们人类官府收税的精确度差远了!

九灵元圣的九个头是怎么安在脖子上的？

九灵元圣（李云中　绘）

唐僧师徒来到玉华州，孙悟空师兄弟三人又收了三个小王子做徒弟。不想惹来了黄狮精以及它的祖爷爷九灵元圣。

九灵元圣是这个故事里最大的 boss，是一只九头狮子。它是太乙救苦天尊的坐骑。书上说得明明白白，它长着九个脑袋：

> 原来他九个头就有九张口。一口衔着唐僧，一口衔着八戒，一口衔着老王，一口衔着大王子，一口衔着二王子，一口衔着三王子，六口衔着六人，还空了三张口。

但这里问题来了。

九头狮子的头是怎么长上去的?

蛇、龙这样的动物，九个头是很容易安排的，因为它们脖子都很细，大不了把脖子画长点就解决了。九头鸟就是这样。但是很少听说神话故事里有九头虎、九头熊、九头河马、九头大象的。因为这些动物，脖子都太短了！九个头怎么安上去呢?

《西游记》随便一写当然没事，可这个就给后世拍影视剧带来了大难题。因为很难表现一只狮子长九个头。像《山海经》里的开明兽，长得虎身九头而人面。就是这么一副样子。

虽然可以这么画，但最高处那几个头，到底长在脖子的哪里呢? 还是交代得不清楚，就像下面用棍子戳着似的。事实上 1986 版电视剧《西游记》，就没有办法解决这个问题，拍不出九头狮子精的原形，只是让九头狮子精作了一通法，就把唐僧、国王等人摄来了。

《山海经》里的开明兽（明万历刊本）

有一个办法，就是保留一个大头，其他的八个头变小。这样就容易安上了。1986版电视剧《西游记》里九头狮子精的人形就是这样的。传世的太乙救苦天尊像的坐骑也是这样画的，狮身上一个大头，八个小头像项链似的，长在大头上。张纪中版的《西游记》，基本上也是这么设计的。把八个头个个缩小，安在大头的周围。否则九个头一样大，那肯定是安不到狮子这样的短脖子上了！

九头狮子还是九只狮子？

在后世的影视家们蛮拼地去给九头狮子安头的时候，我们不妨翻翻早期的道教文献，看看这个九头狮子是怎么来的？一翻就出了问题。

唐末的杜光庭《道教灵验记》里是这样说的：

（救苦天尊）坐五色莲花之座，垂足二小莲花中，其
下有五色狮子九头，共捧其座，口吐火焰，绕天尊之身。
于火焰中别有九色神光周身及顶，光焰锋芒外射，如
千万枪剑之形，覆七宝之盖。

这里明明说的是"五色狮子九头，共捧其座，绕天尊之身"，
那就是九只狮子了！

然而到了《太乙救苦护身妙经》里，这件事就变得不明不白
起来。这部经说的是元始天尊和太上老君在一起聊天，元始天尊
说：我和你讲一位神，他叫救苦天尊，这时众神中走出一位童子，
他就是天尊的化身。元始天尊说，你们诸位只要吟唱救苦天尊的
名号，他就会变身。于是：

众仙观见童子化一天尊，足蹑莲花，圆光照耀，手
执柳枝净水，九头狮子左右从随，乘空而去。又见天尊
化一帝君，足蹑莲花，手执如意，圆光照耀，九头狮子
左右从随，乘空而去。又见帝君化一真人，足蹑莲花，
手放神光，上通九天，下通九地，九头狮子左右从随，
乘空而去。又见真人化一女子，身着火锦衬衣，披发跣
足，蹑于莲花，手执金剑，圆光照耀，九头狮子，口吐
火焰，绕于身形，乘空而去。

救苦天尊这些化身嗖嗖嗖地一个个都乘空而去了，每个化身
都有"九头狮子"。然而毛病又出在头字上了，到底这里说的是

九只狮子，还是说的是长着九个头的狮子？但从"九头狮子左右从随""九头狮子，口吐火焰，绕于身形"来看，似乎说的不是一只而是一群。因为"左右从随""绕于身形"很明显是和《道教灵验记》一脉相承下来的。如果只是一只的话，如何能有"左右从随""绕于身形"呢？

《玄门日诵晚坛功课经》里有这么一段：

> 救苦天尊妙难求，身批霞衣屡劫修。五色祥云生足下，九头狮子导前游。盂中甘露时常洒，手中杨柳不计秋。千处寻师千处降，爱河常作渡人舟。

这段是经常在道观里唱诵的，也是广为人知的。从这个名字看来，就很难分清是九只狮子还是一只九头狮子了。所以《西游记》里把"九头狮子"当作"长了九个头的狮子"，恐怕是被民间的一些误传影响了。

幸好，我的朋友李诚夏道长，探讨这个问题的时候，曾经提供过一张照片，福州于山九仙观，仍然有一尊九个狮子环绕救苦天尊的塑像，约造于明代。可见即使是当时，九头狮子也未必是"长着九个头的狮子"。

九头狮子，在玉华州故事里，貌似厉害得不得了，随便一张嘴就把孙悟空这样的高手叼去了。他又叫"九灵元圣"，这当然只是《西游记》给它起的名字。其实这是盗用了他主人的标签。这也来自《太乙救苦护身妙经》，因为天尊"是九阳之精，甚灵甚灵"。"元元之祖气，妙化九阳精"，这说的是救苦天尊而不是狮子。

《西游记》里救苦天尊还说:

> 我那元圣儿也是一个久修得道的真灵。他喊一声,
> 上通三圣,下彻九泉,等闲也便不伤生。孙大圣,你去
> 他门首索战,引他出来,我好收之。

这句话把九头狮子说得这么厉害,其实"上通三圣,下彻九泉"这也是救苦天尊自己的神通,出于《太乙救苦护身妙经》:"又见帝君化一真人,足蹑莲花,手放神光,上通九天,下通九地,九头狮子左右从随,乘空而去。"所以,如果非得问九头狮子为什么这么厉害,那么只能说它的很多功能,是从救苦天尊那里"盗"来的。另外,《西游记》里狮奴喝了"轮回琼液"才昏迷不醒,狮子精住在"万灵竹节山",应该也是来自《太乙救苦护身妙经》里的"恭敬生琼液,奉之免渴饥。万灵当信礼,八苦不能随"。

九头狮子的孙子们

这个九头狮子还有几个孙子，《西游记》写道：

> 当时老妖点猱狮、雪狮、狻猊、白泽、伏狸、抟象
> 诸孙，各执锋利器械，黄狮引领，各纵狂风，径至豹头
> 山界。

这里基本上就是古代笔记、类书里记载的各类狮子开大会。除了黄狮是一个比较普通的名字外，另外六个，我一个个地聊。

猱狮，元陶宗仪《辍耕录》记宫廷朝会："虎豹熊象之属一一列置讫，然后狮子至，身材短小，绝类人家所畜金毛猱狗，诸兽见之，畏惧俯伏，不敢仰视。"这大概是一种体形小的狮子。查了一下，历史上体形较小的狮子是分布在中亚的昆仑狮，也是经常进贡给中国皇帝的狮种。但是是否有动物学上的证据，需要请教专业人士。

"雪狮"，古人确实喜欢用雪堆狮子，比如明冯梦龙《金声巧联·雪消月满》："时大雪缤纷，路积尺许。里中好事者，戏作雪狮子，伏于道左。"但这似乎不是本意，因为用雪堆的狮子也太不堪一击了。如果我们视野放宽一点，就可以在藏传佛教里找到它的踪影：雪狮（Seng-ge-dkar-mo），是藏族神话传说中的一种出没于雪山间的狮子，鬃毛是绿松石色，身体白色，常绘于佛教唐卡或徽章上（参见［英］罗伯特·比尔著，向红笳译《藏传佛教象征符号与器物图解》）。那么在这里，我们又看到藏传佛教对

《西游记》的影响了！

狻猊，一种神兽，据《尔雅》注，就是狮子的别称。

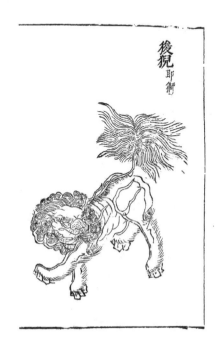

《三才图会》中的狻猊

白泽，这是一种传说中的神兽，像狮子，能作人言。《云笈七签》卷一百黄帝："得白泽神兽，能言，达于万物之情。"这神兽其实相当于活的百科词典。黄帝碰上不认识的东西就问它。

伏狸，这个名字，是根据《博物志》卷三所记神兽造出来的，说是魏武帝曹操伐冒顿，经过白狼山，遇到一只狮子。就叫人去抓，结果狮子咬死了好几个人。曹操大怒，带着亲兵去打狮子。狮子大吼一声，朝曹操扑了上来。这时候，"王忽见一物从林中出，如狸，起上王车轭，师子将至，此兽便跳起在师子头上，即伏不敢起。于是遂杀之，得师子一。还，来至洛阳，三十里鸡犬皆伏，无鸣吠"。也就是说，"伏狸"的意思，并不是说狮子"降伏了狸"，反倒是狮子"降服于狸"。

白泽

東望山有澤獸者一名曰白澤能言語王者有德明照幽遠則至昔黃帝巡狩至東海此獸有言為時除害

《三才图会》中的白泽

捚象，这是一种能攻击大象的狮子，见于《初学记》卷二十九引宗炳《狮子击象图序》：有一个和尚，在天竺（印度）到大秦（古代中国对东罗马帝国的称呼）去的路上，忽然听到几十里外有野兽大声吼叫，震天动地，接着就看到许多动物拼命逃走。最后跑来四头大象，用鼻子卷泥，涂在身上，一边涂，一边喷鼻子（是伪装还是给皮增加厚度？）。过了一会儿，"有师（狮）子三头搏象，血若滥（这里的"滥"读 jiàn，不读 làn。泉水涌出的样子）泉，巨树草偃"。

三头狮子制服了四头大象，大象皮都被抓破了，流的血像泉水一样，大树草木都倒了。这件事发生在印度去罗马的路上，这种狮子难道是分布在印度、中亚的"波斯狮"？抟的繁体字是搏，和"搏"很像，这里很可能是《西游记》写错了。但"狮子搏象"已经成了一个常用的典故。

好为人师和钉耙宴

作者为什么在这里要搞出一窝狮子精来。其实原著早有交代，孙悟空去请救苦天尊，遇到广目天王：

> 天王道："西天路不走，却又东天来做甚？"行者道："西天路到玉华州，蒙州王相款，遣三子拜我等弟兄为师，习学武艺，不期被怪。今访得妙岩宫太乙救苦天尊乃怪之主人公也，欲请他为我降怪救师。"天王道："那厢因你欲为人师，所以惹出这一窝狮子来也。"行者笑道："正为此！正为此！"

这里其实已经把这一回的目的写明了。这一窝狮子精，也是概念性的妖怪。作者的出发点，就是要批判一下"好为人师"的这种毛病，才捏出一窝狮子精来与唐僧师徒为敌。师和狮，本来是同音字，甚至可以说是一个字，因为狮子原本就写作"师子"，后来才加了"犭"旁。雕塑绘画里，画大狮子、小狮子，也是借古代的官名"太师""少师"，取个吉利的意思。例如清冯询《子良诗存》：

　　戏题狮图（画大小狮各一，俗好悬挂此图，取太师
少师吉语也）。

　　孟子就批评过"人之患在好为人师"。一想为人师，就会傲
慢自大，止步不前了。所以黄周星评这一回说：

　　以为师而召狮，又以召狮而兴师，师与师相寻而不
已……向使弢锋敛彩，善刀而藏，安得有此？

　　这是很能点出这一回的用意的。

　　另外，玉华州的三个王子，就算是喜欢武艺，使刀枪剑戟才
符合他们的身份。老大使齐眉棍，老三使乌油杆棒，或许还说得
过去，哪里见过谁家金枝玉叶的王子喜欢使钉耙的！只是因为猪
八戒使了一路钉耙，这里为了让猪八戒收个徒弟，也就不好让这
位徒弟使别的了。因为如果他使了别的，猪八戒就没法教了，但
也不能因为这里要照顾二王子的身份，就把猪八戒整部书的兵器
都换掉，这也得不偿失。只好照顾剧情，不免违和一下了。

　　至于黄狮精弄去了三件兵器，金箍棒、降妖杖和九齿钉耙，
为什么不设金箍棒宴，反而设钉耙宴？其实想想也知道：首先，
这三件兵器，神异程度也差不了多少，都有"老君亲手炉中锻"
这样的高大上的来历，也都能大能小。其次，金箍棒和降妖杖，
本来长得也是相似的。今天沙和尚的武器，是个月牙铲或者叫方
便铲（类似黄狮精使的"四明铲"），其实是后代戏曲的改良。他
原本使的叫"降妖宝杖"，就是一根棍子！从外表上看和金箍棒没

什么区别。玉华州大王子的齐眉棍和三王子的乌油杆棒，其实也是差不多的东西。钉耙在两根棍子里当然显得突出。所以原著说：

> 只见正中间桌上，高高的供养着一柄九齿钉钯，真个是光彩映目；东山头靠着一条金箍棒，西山头靠着一条降妖杖。

各位读者知道降妖杖就是一根棍子之后，就会发现，也只有这样摆，三件兵器才显得对称好看。

最后，钉耙宴本身就带有一种喜感，这种喜感是《西游记》时时具有的。黄狮精又不是什么高贵人物，所以黄周星批了一句：

> 钉耙会名色甚丑，不及黑熊怪之佛衣会多矣！

使钉耙的猪八戒本来就是一个喜剧角色，"钉耙嘉会"就具有了好玩逗乐的感觉。其实《西游记》本来就是一部通俗小说，不用从"钉耙会"里探究什么特别的含意。至于据此又生出一套阴谋论来，那就更是一种发挥了。

玉华州里的明代经济史

有些朋友对《西游记》有个误解——既然《西游记》说的是唐僧取经，反映的一定是唐朝的事。其实恰恰相反。因为写书的人，并不是历史学家；听众和读者，也不是学者，没有必要去考证唐代是个什么样子，反倒融进当前的市井人情是最合适的。所以《西游记》看似写的是唐朝故事，实际反映了明朝政治、经济、文化、社会生活史。诸如锦衣卫、驾帖、五城兵马司等，都带有典型的时代特征。今天不妨从玉华州聊聊《西游记》里的物价（包括灭法国、凤仙郡附近地区），实际上也带有很强的中晚明特征。

玉华州的物价

玉华州是作者写的一个很不错的地方。唐僧一进玉华州，就觉得不凡：

> 三藏心中暗喜道："人言西域诸番，更不曾到此。细观此景，与我大唐何异！所谓极乐世界，诚此之谓也。"又听得人说，白米四钱一石，麻油八厘一斤，真是五谷丰登之处。

这里说"白米四钱一石，麻油八厘一斤"，唐僧就觉得很便宜。为什么觉得便宜？可以比较一下百回本《西游记》成书时期的明代物价。这里有两部书可以参考，一部是沈榜的《宛署杂记》，另一部是何士晋的《工部厂库须知》。万历五年（1577）白米每石八钱，万历二十年（1592）粳米每石一两四钱，平均在一两银子左右。就是赶上丰收年，最便宜的是《明实录》里记载的："自今年为始，如遇年丰价贱，大约每米一石，定价五钱。"也比玉华州四钱一石贵。可见玉华州的米价是极低的了。明代的一石米，根据米品种不同，当在一百五十斤到一百八十斤之间。明代一两银子，综合一些研究，约合今天三百元。则当时一斤米合1—2.3元之间。与今天的大米价格差不多。

麻油也就是香油，一斤香油，在万历年间在三分到六分之间变动（折合9—18元）。玉华州的香油价格低到八厘一斤，合2元4角，实在是便宜。

玉华州也有贵的东西，比中土地区贵的，是猪和羊（难道是接近佛国，肉类产量小吗？）。孙悟空、猪八戒和沙和尚分别变成小妖和赶羊人，混入黄狮精的洞里，孙悟空说：

> 买了八口猪，七腔羊，共十五个生口。猪银该一十六两，羊银该九两。前者领银二十两，仍欠五两。这个就是客人，跟来找银子的。

按这个价格算，一口猪二两银子（600元），一头羊一两三钱银子（390元）。根据《宛署杂记》所载明代万历时物价，一口猪约值一两二钱银子（450 元），一头羊约值五钱四分银子（150 元）。

这里多说一句，今天的猪肉便宜，羊肉、牛肉贵。明代正好反过来。猪肉贵，牛羊肉便宜。然而无论猪牛羊肉或是别的商品，今天的价格比明代似乎涨了好多。《宝日堂杂钞》的"宫膳底账"，万历二十年（1592）一斤猪肉二分银子（6 元），一斤羊肉和牛肉都是一分五厘（4.5 元），就是熏猪肉，也才六分一斤（18 元，据《万历会计录》）。今天的猪肉十二三元一斤，牛羊肉都得三四十元一斤。

但是到了荒年，物价就会大幅上涨。例如在凤仙郡，上官郡侯挂出的榜文，有这么一段：

> 富民聊以全生，穷军难以活命。斗粟百金之价，束薪五两之资。十岁女易米三升，五岁男随人带去。

这里当然有些夸张虚写。斗粟百金，不可能是一斗粟值一百两银子（3 万元），但是也能看出灾荒时物价腾贵的特点。例如明郑廉《豫变纪略》卷二记明崇祯十三年（1640）时河南旱灾："米麦斗值钱三千，禾二千七百。人相食，有父食子，妻食夫者。"一斗米或一斗麦子，值三千文（相当于一两多银子）。清《临潼县志》记明泰昌元年大灾："十岁儿易一斗粟。"粟比米便宜一半左右，这倒和三升米差不多了。

棉衣和马匹

妖精过冬，也是要穿棉衣的，比如黄狮精手下两个小妖，奉命要去玉华州的乾方集上买猪羊。两人路上合计：

> 如今到了乾方集上，先吃几壶酒儿。把东西开个花
> 帐儿，落他二三两银子。买件绵衣过寒，却不是好！

这些小妖，既然在黄狮精手下，按原著的描述，无非是狼虫虎豹，居然过冬怕冷，无论是虎皮、狼皮、狐狸皮，这都是过冬的大利器呀，原来的皮哪里去了？而且大王居然不发棉衣，逼得小妖想着办法抠银子，去人类社会买。而且也确实可以随随便便去人类市场上喝酒买东西，街上的人也不觉得奇怪。所以，这种妖精和占山为王的人类强盗没有什么区别。可以理解为作者写的时候，就写的是市井风情，没把他们当作妖怪来写。

这里的"花帐"是以无作有，以少报多的假账。落，就是捞、赚的意思。《笑林广记》卷三"裁缝"：

> 太守命法官祈雨，雨不至，太守怒，欲治之。法官禀云："小道本事平常，不如某裁缝最好。"太守曰："何以见得？"答曰："他要落几尺就是几尺。"

两个小妖，两件棉衣，花二三两银子。这个我没有找到明代棉衣的物价，倒是清代阿桂《军需则例》："每名给安家银五两，棉衣银一两。"看来一件棉衣也就是一两银子，合三百元。

另外值得一提的是马。马和猪羊不一样，不是用来吃肉的，而是军事物资。孙悟空在灭法国的柜子里与猪八戒故意算账：

行者捣鬼道："我们原来的本身是五千两，前者马卖了三千两，如今两搭联里见有四千两，这一群马还卖他三千两，也有一本一利。够了！够了！"

本身，就是本钱。一匹马大概多少钱呢？明代的马价，也是有变化的。总的来说，天下太平的时候，马就便宜。永乐时期，互市马匹的官方定价，一匹上等马才卖四两三文五分银子（1200元），价格相当于一辆入门级的山地自行车。后来越来越贵，可能是和边疆打仗有关。嘉靖时期，一匹马要卖十三至十七两银子（3900—5400元）。《明世宗实录》卷四九二载，嘉靖四十年（1561）正月，巡按直隶御史建议平抑马价，"请以江南江北马匹尽准改折每匹马征银二十四两"。二十四两白银就是七千二百元了，可以买辆摩托车。

万历二十年（1592）至万历二十八年（1600）发生"万历三大征"后，马价曾达二十两一匹的高价。《西游记》最终成书是在明代的中晚期。所以孙悟空说他们有"百十匹"马，可"卖三千两"白银，折每匹三十两左右，这和嘉靖中二十四两的马价是基本相当的。

宴席和嫖妓

还有一次在灭法国，孙悟空他们住店，店老板说了饭菜的价格：

赵寡妇道："我这里是上、中、下三样。上样者：五果五菜的筵席。狮仙斗糖桌面，二位一张，请小娘儿来陪唱陪歇。每位该银五钱，连房钱在内。"行者笑道："相应（合适，便宜）阿！我那里五钱银子还不够请小娘儿哩。"寡妇又道："中样者：合盘桌儿，只是水果，热酒筛来，凭自家猜枚行令，不用小娘儿，每位只该二钱银子。"行者道："一发相应！下样儿怎么？"妇人道："不敢在尊客面前说。"行者道："也说说无妨。我们好拣相应的干。"妇人道："下样者：没人伏侍，锅里有方便的饭，凭他怎么吃，吃饱了，拿个草儿，打个地铺，方便处睡觉，天光时，凭赐几文饭钱，决不争竞。"

这个价格，真算便宜的了。据《金瓶梅》第十六回，西门庆、谢希大、祝实念、孙天化等十个朋友，做生日宴，用银五两，合每人五钱。还请两位"小优儿"（男优）弹唱助兴，每人二钱。这还没有房钱呢。所以孙悟空自然说便宜。

灭法国还涉及妓女的出台服务：

　　寡妇道："我小庄上几个客子送租米来晚了……因客官到，没人使用，教他们抬轿子去院中请小娘儿陪你们。想是轿杠撞得楼板响。"行者道："早是说哩。快不要去请。一则斋戒日期，二则兄弟们未到。索性明日进来，一家请个表子，在府上耍耍时，待卖了马起身。"寡妇道："好人！好人！又不失了和气，又养了精神。"

这里的"去院中"，当然是指妓院。又如《水浒传》第六十九回："（史进）与院子里一个娼妓有交。"这里可以看出，酒店服务是非常周到的，不用客人关照，只要说一句"将上样的安排来"，那办酒席、请歌妓都是一条龙的！如果不是孙悟空拦着，一会儿四个歌妓就抬来了！

孙悟空还说："我那里五钱银子（约 150 元）还不够请小娘儿哩。"这其实说的也是明代的物价。例如《金瓶梅》里与妓女歇宿一夜，为一至二两，合今天的三百元到六百元。如果是包月套餐，就便宜些，二十两可以办理，折合一天也得二百元。但要是哪天不去，这天的二百元就白扔了。

但这是相对好一点的，低级的地方，例如明陈大声《嘲北妓》：

> 门前一阵骔车过，灰扬。那里有踏花归去马蹄香？……行云行雨在何方？土坑。那里有鸳鸯夜宿芙蓉帐。五钱一两戳头昂，便忘。那里有嫁得刘郎胜阮郎。

可见五钱到一两的价格（150—300 元），只是到土坑上过过夜，就是所谓的"窑子"。自然比"院中"差远了。

为什么四木禽星打得过三只犀牛，孙悟空反倒不行？

金平府玄英洞，有三只犀牛精，第一没有像金刚琢那样的厉害法宝，第二没有像红孩儿那样的超强技能，可是，孙悟空居然打不过：

> 孙行者一条棒与那三个妖魔斗经百五十合，天色将晚，胜负未分。只见那辟尘大王把挝挞藤闪一闪，跳过阵前，将旗摇了一摇，那伙牛头怪簇拥上前，把行者围在垓心，各轮兵器，乱打将来。行者见事不谐，唿喇的纵起筋斗云，败阵而走。

这败得也太没品了！孙悟空和三个大王打到晚上都胜负未分，加上些小妖就败了？

此后孙悟空又把两个师弟叫来，按说两个师弟对付小妖，孙悟空对付三个 boss，总可以取胜了吧，可还是不行：

> 三僧三怪赌斗多时，不见输赢。那辟寒大王喊一声，叫："小的们上来！"众精各执兵刃齐来，早把个八戒绊

倒在地，被几个水牛精，揪揪扯扯，拖入洞里捆了。沙
僧见没了八戒，又见那群牛发喊嗵声。即掣宝杖，望辟
尘大王虚丢了架子要走。又被群精一拥而来，拉了个跳
踵，急挣不起，也被捉去捆了。行者觉道难为，纵筋斗
云脱身而去。

这就更奇怪了：孙悟空战三个大王尚且能打平，何以加上猪
八戒、沙和尚仍然是打平？加上小妖还是打不过？等于猪、沙二
人没起任何作用！虽然说古代小说不大像今天的小说那么注意战
斗力的平衡，但像玄英洞这一回双方战斗力设定得不合理还真少
见。所以，从这里可以看出一个问题：作者就没把精力放在写打
戏上，所以连基本的平衡也没有注意维护。

然而更怪的是孙悟空上天去搬救兵，见到太白金星。金星说：
"若要拿他，只是四木禽星见面就伏。"四木禽星是二十八宿里的
井木犴、角木蛟、斗木獬、奎木狼。这二十八宿曾是孙悟空的手下
败将，奎木狼还和孙悟空单独交过手，还是被虐。为什么孙、猪、
沙三兄弟都打不过的犀牛精，这四木禽星一来，忽然就完爆了？

四木禽星的逻辑

这个问题，其实还是应该从原文中找答案，原来，这个故事
逻辑是根据古代的一种术数"演禽术"而设计的（今天看当然是
一种迷信）。

演禽术，是用阴阳五行及二十八种动物，与天上的二十八宿
配生出二十八个名字。动物可以统称"禽"。天上二十八宿分为

东西南北四方，每一方七个，这七个和金木水火土日月七曜以及七种动物相配。例如：

井木犴：井是南方朱鸟七宿的第一个，木是七曜之一，犴是一种动物。

昴日鸡：昴是西方白虎七宿的第四个，日是七曜之一，鸡是一种动物。

亢金龙：亢是东方苍龙七宿的第二个，金是七曜之一，龙是一种动物。

室火猪：室是北方玄武七宿的第六个，火是七曜之一，猪是一种动物。

将这二十八宿通过一定的规则来配年月日时，又可以预示着不同的吉凶。出生于不同的年月日时，可以配不同的星宿。而每年每月每日每时都有不同的星宿当值，通过分析它们的生克关系，就可以推断出吉凶。

这里还要介绍两本书，一本叫《演禽通纂》，不知作者，相传出于黄帝，其实是宋代以后的算命书，收在《道藏》里，里面讲二十八宿算命，还有十二星座，可见是受了西方的影响的。另一本叫《禽星易见》，是明代的池本理写的，喜欢讲各种禽星的性情、"吞啖"（相当于相克）。

二十八宿里有牛宿，是北方"斗牛女虚危室壁"中的第二位。《西游记》就是用三个犀牛比作牛宿（这里当然不是二十八宿里的牛金牛）。而井宿、角宿、奎宿、斗宿也有演禽术给配的名字——井木犴、角木蛟、奎木狼和斗木獬。其中，奎木狼与牛宿不合。《演禽通纂》载："牛角合宫，宗亲丧魄""牛见狼惊"。牛、角两宿是不合的。牛见了狼是害怕的。明人池本理的《禽星易见·禽星吞啖》也称:"角亢吞危并食牛。"换句话说,角、亢二宿克制危、牛二宿。《禽星易见·高禽》又说:"井木犴伏一切山水禽""角木蛟、亢金龙伏一切水禽并飞禽""奎木狼伏一切山禽"。犀牛属山禽,又能行水。所以受四木禽星降伏。

孙悟空和四木禽星对话的时候,有这么一段:

> 斗木獬、奎木狼、角木蛟道:"若果是犀牛成精,不须我们,只消井宿去罢。他能上山吃虎,下海擒犀。"

这句话的句式,就直接化用的《禽星易见》:"井禽在天号天威星,其状如虎,二十八宿之主,禽星之王也。上山吞虎豹,下水食蛟龙。"也就是说,井木犴是最厉害的。

今天,我们对这些理论已经不熟悉了,但明代人是熟悉的。作者根据这一套理论,设计出三个犀牛和四木禽星来,一方面是对演禽术知识的一种普及,另一方面也增加了作品的深度。这种把各路知识化到小说里的做法,和荆棘岭作诗、隐雾山豹子精、套用典故的狮子精,其实都是一个路数。但是说实话,我个人认为,这种做法虽然有了些质感,但却忽视了故事本身精不精彩,缺少了一个"高手点化"的环节。玄英洞故事一直是不著名的,就说明这个故事出现得比较晚,虽然在反映明代社会现实上做得不错,但是就故事本身而言,还没有提升到非常精彩的程度。

三个大王

至于这三只犀牛的名字辟寒大王、辟暑大王、辟尘大王,这也是非常有文化的。这和之前讲到的狮子精一样，都是根据各种类书、笔记关于犀牛的典故编出来的。

辟寒大王，原型是唐玄宗时交趾国进贡的辟寒犀。五代王仁裕《开元天宝遗事》卷上：

> 开元二年冬至，交趾国进犀一株，色黄如金；使者请以金盘置于殿中，温温然有暖气袭人。上问其故，使者对曰："此辟寒犀也。顷自隋文帝时，本国曾进一株，直至今日。"上甚悦，厚赐之。

也就是说，这支犀牛角有自动加热功能，冬天放在殿里，暖气袭人。今天看来已经不新鲜了，这不就是个暖宝宝嘛。

辟暑大王，原型是唐文宗赐臣子李训的辟暑犀。根据唐苏鹗《杜阳杂编》卷中，唐文宗召李训讲《周易》，"时方盛夏，遂命取水玉腰带及辟暑犀如意以赐训"。这和暖宝宝的功能正好相反，是降温用的。

辟尘大王，原型是岭南出产辟尘犀的传说。唐刘恂《岭表录异》卷中："又有骇鸡犀、辟尘犀、辟水犀、光明犀。此数犀，但闻其说，不可得而见之。""辟尘犀"下原注："为妇人簪梳，尘不著也。"也就是说，这种犀牛角做成的梳子，是不会沾灰尘的。

犀牛生态学

太白金星还说了一段普及犀牛知识的话，这段也很有意思：

　　金星道："那是三个犀牛之精。他因有天文之象，累年修悟成真，亦能飞云步雾。其怪极爱干净，常嫌自己影身，每欲下水洗浴。他的名色也多：有兕犀，有雄犀，有牯犀，有斑犀，又有胡冒犀、堕罗犀、通天花文犀。都是一孔三毛二角，行于江海之中，能开水道。似那辟寒、辟暑、辟尘都是角有贵气，故以此为名而称大王也。

这些犀牛的名目，见于《岭表录异》卷中：

　　岭表所产犀牛，大约似牛而猪头，脚似象蹄，有三甲。首有二角：一在额上为兕犀，一在鼻上较小为胡帽犀。鼻上者，皆窘束而花点少，多有奇文。牯犀亦有二角，皆为毛犀……又有堕罗犀，犀中最大，一株有重七八斤者。

　　为什么说犀牛有"天文之象"？这个天文之象，其实就是星象。传闻犀牛角中有白星，是天上的星星进入角里。《埤雅》卷三："世云犀望星而入角，即此也，可以破水。"也就是说，如果一只犀牛每天仰头看星星，时间长了，一颗星星就会从天上下来，进入它的角里（好浪漫），于是它的角就可以破水。

　　另外，宋唐慎微《证类本草》引唐人李询的《海药本草》是另一种说法：

　　通天犀乃胎时见天上物过，形于角上，故曰通天。但于月下以水盆映之则知。

假如一只犀牛妈妈怀了宝宝，天上飞过一颗流星，被犀牛妈妈看见了。肚子里的犀牛宝宝的角上，就可以留下这颗流星的印记（如果是看见流星雨呢？那就是麻子了？）。

如果成了通天犀牛，就有了洁癖，喜欢干净，甚至讨厌自己的影子，经常下水洗澡。据说一般的犀牛没有这种习惯。

至于犀牛角能开水道，是怎么个开法？《西游记》里有说：

原来这怪头上角极能分水，只闻得花花花，冲开明路。这后边二星官并孙大圣并力追之。

活的犀牛如此，割下来的犀牛角也同样有效，根据《白氏六帖》卷二十九：

得通天（犀角）一尺，刻作鱼，衔入水，水开三尺。

只要用一尺长的通天犀角（看过星星许过愿的），刻成一条鱼的形状，衔着它跳进水里，水就能开出三尺宽的通道了。

玄奘法师一定要背个大登山包？ *

电影《大唐玄奘》中，玄奘法师标志造型，就是背着一个类似今天登山包的东西，高过头顶，上面插一把伞，前面挂一盏灯，典型一副驴友模样。从玄奘法师离开长安这大包就背在身上，休息的时候就戳在地上，在印度游学的时候就横在大象上，回到长安仍然带着。

这个东西，虽然长得像登山包，但它真正名字叫"经箧"或"经笈"。然而现在第一个问题来了：历史上的玄奘法师真的穷得连匹脚力都没有，必须背着这个大家伙徒步吗？

玄奘法师是去取经的，又不是去传经送宝的。俗话说远路无轻担，几万里路，就算空的也不轻啊。据玄奘法师的扮演者黄晓明说，这玩意儿有四五十斤重！拍电影的时候，顾问星海法师尝试要背这个"背篓"，一个不当心就被坠得后仰在地。再说，回来的时候，已经有车马队伍了啊，他取回的经，一共六百五十七部，一个人怎么可能背得了！

其实，我们都小看了历史上的玄奘法师了。第一，他路上艰险是艰险，但肯定不会自己折磨自己。第二，他实际上很有钱。

* 　特别鸣谢复旦大学孙英刚兄为本篇提供指导

《大唐玄奘》电影里，演的是他一直没有马，直到瓜州，一位美女才送了他一匹马。其实玄奘法师没那么苦兮兮的，他一路上一直是有马骑的！

玄奘刚出长安时怎么样，史书上没说。但他走到凉州时，这边凉州总督李大亮不许他走，那边玄奘还在举办大法会。这法会是赚了不少钱的，根据玄奘弟子彦悰《大唐大慈恩寺三藏法师传》："散会之日珍施丰厚"，金银无数。玄奘法师拿了一半用来"燃灯"，剩下一半，施给凉州的寺院了。"燃灯"，其实就相当于给香火钱。这笔钱，成了玄奘法师的重要路费，既然"金银无数"，起码一匹马总是买得起的！我们大可放心，玄奘法师聪明得很！绝对不会缺钱花的。没这两把刷子，敢上西天取经？

根据《法师传》，到了瓜州，他"所乘之马又死"，正说明他此前是骑马的。这马死了后，他又连着买了两匹马，一匹自己骑，一匹给新收的徒弟石槃陀骑，连整套行李都买了，出手阔绰得很！

黄教主在电影里那么一身打扮，当然不能说错，实际上是电影艺术的需要，看上去很有视觉效果。那么，第二个问题又来了：这个大登山包样子的"经箧"或者"背篓"，是根据什么设计出来的呢？

这个问题好回答：背一个大经箧去取经，正是我们大多数人熟悉的玄奘形象。很多玄奘画像，就是这样的。下面这幅图，我们从小学就能见到，它被画在新中国成立以来的各种教科书里，以及和玄奘有关的书籍封面上。这些书无一例外告诉我们，他就是玄奘法师，玄奘法师就是得备这么一身行头的。

然而刚才我们分析过，玄奘法师去印度取经的时候是一直骑马的，回来的时候又是有运经队伍的。那么第三个问题又来了：谁告诉我们，这幅图画的这位和尚，就一定是玄奘呢？

有人说，所有的教材、书本都这么写的啊，这还能有问题吗？

问题大得很！左边这幅图，来自陕西兴教寺的一方石刻，旁边的标题确实是《玄奘法师像》，看样子是没有什么问题的。但是石刻旁边的小字暴露了问题，"民国二十二年冬月长安李枝生摹绘郭希安刻"，也就是说，这幅图是从别的地方摹过来的！并不是一幅原创的画。

那么，这幅图的底本又在哪里呢？

这幅图的底本现藏于日本东京国立博物馆，这幅图很著名，2005

兴教寺石刻《玄奘法师像》

年还到中国来展览过，构图和兴教寺的这幅一模一样！只是经箧上面的雨伞不知为何被石刻搞没了。

这幅绢本设色的僧人像，是日本镰仓（1185—1333）后期绘制的，当然比兴教寺的早七八百年。但它也是有底本的，是从中国传过去的。只是它的底本今天已经找不到了。起初很多人（包括我）也以为，这幅画画的是玄奘，但后来经过一些学者辨析才发现：这幅画只是画了一位僧人而已，他的穿戴、打扮，其实是日本式的，无论是图上还是别的文献，都没有任何证据说明这位僧人的身份。说他是玄奘，是我们后人脑补出来的（基本上可以确定是日本人脑补的，日本这样同样的画不止一张，有题为《玄奘负笈图》的，是比较晚出的）！

其实想一想就知道，这么一身行头，任何人都可以背。比如《倩女幽魂》里张国荣演的宁采臣，一出场还背这么一个盛账本的竹篓呢。这又不是玄奘法师专用的。

日本镰仓时期，相当于中国的宋代到元代。假如它有中国传过去的底本的话，肯定要更早。于是我们继续追踪，就又会发现，在敦煌绘画中（约相当于唐代），还可以找到这类背这么一身行头的僧人。比如大英博物馆藏的一幅敦煌的行脚胡僧像，除了画工和日本那幅不一样外，也是背着经篓，戴着斗笠，拿着拂尘，只是长了一副中亚人的面孔而已。

甚至在西藏的绘画中，我们都发现了这样背"登山包"，戴个斗笠或雨伞的和尚。比如十五世纪西藏的一幅行脚僧像，也是背着高过头的经篓，戴着斗笠，只不过是一副藏人的模样。莫非他也是玄奘不成？

有朋友说，也有可能啊，玄奘大师这么有名，这么受爱戴，当然各族人民都会画他的像，不同民族的画家，当然会把他画成本族人的样子。但是宋代张择端的《清明上河图》里的一个人物，身上也背着一个类似经篓的竹篓，上头有类似小灯的东西，零零碎碎挂了不止一盏，他难道也是玄奘？想想也能明白：《清明上河图》是宋代张择端按照汴京城的实景绘制的。唐代的玄奘法师怎么可能穿越到宋代来呢？他只是一位普通的行脚僧（也有人说他是卖货的），绝不可能是玄奘。

甚至宋代的雕塑也来凑热闹：

　　这是国家博物馆藏北宋的一块塔砖。同样是一个和尚，背着"登山包"，撑着雨伞。

　　到这里估计很多朋友就明白了：这恐怕就是一种绘画题材，画（雕像）里的和尚，都背着这么一身行头。不是说摆这个 pose 的，就一定是玄奘！

　　而且这样的僧人，身边一般都有一只老虎。例如西藏山南桑耶寺二楼壁画，有位背"登山包"的僧人，身份很明确，是十八罗汉之一，达摩多罗尊者。这位尊者一般的画法，就是右手持禅杖，左手持拂子，身背经箧，头罩华盖，奔走途中，身旁猛虎相随。

　　事实上，这类绘画（全世界有二三十种），最早见于敦煌藏经洞，最晚见于元明时期。在这几百年中，全国各地，甚至西亚东亚，都出现了类似这样造型的僧人图。这是一种绘画的类别，为了稳妥起见，学界一般称为"行脚僧人图"，或者"伴虎行脚僧图"。这类行脚僧，或因为没钱，或因为专一苦行，或走的路本来也不太远，是不骑马的，所以才会背这个大包。另外，一般情况下，这僧人身边会画一只老虎，是为了表现这位僧人的神通。只是因为玄奘法师是历史上最著名的一位行脚僧，所以大众凡是看到这样的像，就以为他一定是玄奘了！

最后多说一句：佛藏里公认的玄奘形象，其实是下图这样的。大概是年纪大了，眼角有了皱纹，下巴也有点陷进去了。但这幅图收在《大正藏》图像部，旁边标明了"玄奘""三藏"的字样，这恐怕才算得上玄奘法师的标准像呢。

推荐阅读

孙英刚《三藏法师像初探——一件珍贵的图像文献》

陆宗润《玄奘法师像非玄奘》

李翎《玄奘画像解读——特别关注其密教图像元素》

天竺收玉兔是多么地毁三观

　　天竺收玉兔这个故事广为人知，其实是沾了 1986 版电视剧《西游记》的光。如果没有李玲玉老师的一段唱词，"天竺收玉兔"在原著中，其实是一个很稀松平常的故事。不但平常，甚至很多地方都和《西游记》其他文字的整体风格不协调。

　　《西游记》里的女性，其实都是可圈可点的。比如铁扇公主之母性、玉面狐狸之骄纵、女儿国王之原始（指在原著中）、蜘蛛精之娇憨、老鼠精之温柔；甚至琵琶精放在现实生活中，也不失为一位好荡妇，以征服禁欲系男生为人生成功之大满足，征服不成功，毋宁死耳，斯古今荡妇所同殉之精义，夫岂庸鄙之敢望！

　　而玉兔精呢？我们一提起来只会想到李玲玉，而对她在原著中的形象印象模糊。这说明原著并没有把她写好，反倒是李玲玉的《天竺少女》为它提了气。总而言之，原著里这个故事从头到尾，不停地毁我们的三观。

这个故事是拼凑的？

　　首先，这个故事的逻辑是有问题的。玉兔下凡，是为了报素娥的一掌之仇。怎么突然招起唐僧来？其实细想一下就会发现：

这里的抛绣球选婿，我们在唐僧父亲陈光蕊那一回见过了；下凡了结恩怨，在碗子山波月洞见过了；以一国之力招亲，在女儿国见过了；神仙下凡收妖，在前面许多故事都见过了。如果说一个情节重复还好，好多情节同时和前面重复，恐怕这就不能用"不是师兄偷古句，古人诗句犯师兄"来解释了。这一回基本上没有什么原创的情节，都是东抓一把、西抓一把凑过来的。

这个故事，清朝评点《西游证道书》的黄周星也有点看不过，他说：

> 天竺亦未尝不乐，但不应有玉兔抛球一事耳。据太阴君之言，则玉兔因素娥一掌之仇而来，与素娥固仇矣，与唐僧则何亲耶？

当然，民间编故事，充满各种借鉴倒不足为奇。关键是如果能把故事编好也可以，但通篇文字，不仅不好，而且拖沓臃肿，比如"四僧宴乐御花园，一怪空怀情欲喜"一回诗词、韵文之多，竟然超过了专门谈诗的荆棘岭。

戏不够，诗来凑？

1986 版电视剧《西游记》，还拍了一些续集，远不如原来二十五集正集火。续集有个毛病：每到剧情有了转折的时候，就莫名其妙地插一首歌。比如《真假美猴王》一集，唐僧赶走孙悟空后的《就这样走》，比如《如来收大鹏》一集莫名其妙地插入了一个孔雀公主，又莫名其妙地插入了几首歌。按说往情节里插歌，并不是不允许，但插得太生硬太暴力，那就是欺负观众了。

其实这也不是今天电视剧的毛病。古代通俗小说，写不出什么故事来，一样会插东西，凑字数。当然不是歌曲，而是拿诗词来凑。可是拿诗来凑也可以啊，就像荆棘岭那一回，是专门为写诗开的一回，还算自然。四个树精的诗，虽然不怎么样，但毕竟还是吟咏出了本色——至少，我们还记得住他们。

而玉兔精这一回，不知怎么搞的，连篇累牍地插诗词，甚至比荆棘岭那一回还要多！这就太过分了。我们不妨看一看。

> 一行君王几位，观之良久。早有仪制司官邀请行者三人入留春亭，国王携唐僧上华夷阁，各自饮宴。……此时长老见那国王敬重，无计可奈，只得勉强随喜，诚是外喜而内忧也。坐间见壁上挂着四面金屏，屏上画着春夏秋冬四景，皆有题咏，皆是翰林名士之诗。
>
> 《春景诗》曰：周天一气转洪钧，大地熙熙万象新。桃李争妍花烂熳，燕来画栋叠香尘。
>
> 《夏景诗》曰：薰风拂拂思迟迟，宫院榴葵映日辉。玉笛音调惊午梦，芰荷香散到庭帏。
>
> 《秋景诗》曰：金井梧桐一叶黄，珠帘不卷夜来霜。燕知社日辞巢去，雁折芦花过别乡。
>
> 《冬景诗》曰：天雨飞云暗淡寒，朔风吹雪积千山。深宫自有红炉暖，报道梅开玉满栏。

那国王见唐僧恣意看诗，便道："驸马喜玩诗中之味，必定善于吟哦。如不吝珠玉，请依韵各和一首如何？"于是唐僧竟然要来文房四宝，写起诗来：

　　和《春景诗》曰：日暖冰消大地钧，御园花卉又更新。和风膏雨民沾泽，海晏河清绝俗尘。

　　和《夏景诗》曰：斗指南方白昼迟，槐云榴火斗光辉。黄莺紫燕啼宫柳，巧转双声入绛帏。

　　和《秋景诗》曰：香飘橘绿与橙黄，松柏青青喜降霜。篱菊半开攒锦绣，笙歌韵彻水云乡。

　　和《冬景诗》曰：瑞雪初晴气味寒，奇峰巧石玉团山。炉烧兽炭煨酥酪，袖手高歌倚翠栏。

　　好了，再写估计大家都不耐烦了。觉得我是在凑字数。可是，原著确确实实就是这样让人不耐烦啊！这前前后后八首诗和情节有什么关系呢？而且刚才明明说了"此时长老见那国王敬重，无计可奈，只得勉强随喜，诚是外喜而内忧也"。怎么一转眼又诗兴大发，"袖手高歌"起来了，唐长老这心也忒大了！

　　况且，这几首诗也不像他的风格啊。又是"海晏河清"，又是"黄莺紫燕"，最后一句，居然"袖手高歌倚翠栏"这样的话都说出来了，还真不如荆棘岭那一句"禅心似月迥无尘"呢！

　　然而，对读者的折磨还没有完！作诗刚结束，唱曲又开始了！国王请唐僧吃饭，宴席还没开始，忽然娘娘有请。我们本以为国王说几句家常话，就赶紧出来招待客人吧。结果忽然来了一句"有《喜会佳姻》新词四首为证"，不管我们乐不乐意，四首歌词就抛过来了：

　　《喜词》云：喜！喜！喜！忻然乐矣！结婚姻，恩爱
美。巧样宫妆，嫦娥怎比。龙钗与凤镜，艳艳飞金缕。
樱唇皓齿朱颜，袅娜如花轻体。锦重重，五彩丛中；香拂
佛，千金队里。

　　《会词》《佳词》《姻词》我就不引了，再引就真的引起民愤
了。《会词》就是"会！会！会！……"《佳词》就是"佳！佳！
佳！……"《姻词》就是"姻！姻！姻！……"

　　所以清黄周星《西游证道书》里，也是实在看不下去了，就
把这几首无聊透顶的《喜词》《会词》《佳词》《姻词》统统删掉，
一概不留。所以《西游证道书》的文本和世德堂《西游记》的文
本，这一段是大大不同的。

　　不但如此，黄周星还开启了毒舌模式，吐槽说：

　　如此宠遇，何异太白之沉香亭？但诗不堪与《清平
调》作仆，奈何！

　　意思很直白：给李太白提鞋都不配！

　　另外，这一回开始的时候孙、猪、沙三人见了国王，忽然一
改风格，一个个地上来介绍自己的身世。孙悟空讲完了猪八戒讲，
猪八戒讲完了沙和尚讲，每段都二百来字。这也有凑字数的嫌疑。
因为剧情都到九十多回了，观众谁还不知道这三位爷的来历？

月里嫦娥有许多位？

这一回更可怪异的事情，是八戒的老情人忽然大变画风：

> 　　行者回头看时，原来是太阴星君，后带些姮娥仙
> 子，……孙大圣厉声高叫道："天竺陛下，请出你那皇
> 后嫔妃看者。这宝幢下乃月宫太阴星君，两边的仙妹
> 乃月里嫦娥。这个玉兔儿却是你家的假公主，今现真相
> 也。"……猪八戒动了欲心，忍不住跳在空中，把霓裳
> 仙子抱住道："姐姐，我与你是旧相识，我和你耍子儿去
> 也。"行者上前，揪着八戒，打了两掌骂道："你这个村泼
> 呆子！此是甚么去处，敢动淫心！"八戒道："拉闲散闷
> 耍子而已。"那太阴君令转仙幢，与众嫦娥收回玉兔，径
> 上月宫而去。

这里屡屡说"众嫦娥"，带些"姮娥仙子""两边的仙妹（按：
当作妹）乃月里嫦娥"，明明说的是嫦娥有许多人！搞得嫦娥像
月宫里的宫女一样。而八戒抱住的这位又叫"霓裳仙子"，显然
是"嫦娥们"中的一位了！

嫦娥从古到今就是一位，从来没有许多位。她的故事较早见
于《淮南子·览冥训》，很多朋友从小就知道：后羿去找西王母，
要来了不死药，还没吃，结果他的妻子姮娥偷吃了，飞到月亮上
去了。姮娥，又写作恒娥，因为汉文帝刘恒的名字里有个恒字，
避讳改称"常娥"，也写作"嫦娥"。就算汉语里没有单复数，后

羿也就这一个老婆，她在人间就叫姮娥或嫦娥，到了月亮上名字都没改过。难道怀了后羿的娃，到上面生出许多小嫦娥来？这是不可能的。

后世的嫦娥神话，包括明清小说，从《女仙外史》到《镜花缘》《聊斋志异》，嫦娥也都是一位。明月里只有一位嫦娥是共识。《西游记》前面说猪八戒"只因带酒戏弄嫦娥""全无上下失尊卑，扯住嫦娥要陪歇"等等，看文义也应该是一位而不是许多位中的一位，因为并没有特意说明，更没有另有一个霓裳仙子。何以这里猪八戒的老情人突然变成了"众嫦娥"中的"霓裳仙子"？只能说这篇故事是后添出来的。

唐代传说，道士叶法善引唐玄宗登上了月宫，听了天上的仙乐，回到人间就谱成了《霓裳羽衣曲》。这个故事在唐五代很流行。"霓裳仙子"的名号应该就是据此造出来的。然而《西游记》里的嫦娥从一位变成许多位，却是这个传说的一股支流甚至可以说是误会。月宫里除了嫦娥之外，还有许多仙女，逻辑上当然说得通。根据《太平广记·罗公远》，唐明皇上月宫后：

> 见仙女数百，皆素练宽衣。

这本来说的是许多仙女，穿着白衣服而已，并没有说她们都是"嫦娥"。同时敦煌的《叶净能诗》：

> 又见数个美人，身着三殊（铢）之衣，手中皆擎水精之盘，盘中有器。

　　这也只不过是说数个美人而已，也没有说她们都是"嫦娥"。但到了《龙城录·明皇梦游广寒宫》，居然变成：

　　　见有素娥十余人，皆皓衣，乘白鸾，往来舞笑于广陵大桂树之下。

　　麻烦就出在这里，因为素娥又是嫦娥的代称。《文选·月赋》李周翰注：

　　　常娥窃药奔月，因以为名。月色白，故云素娥。

　　《月赋》比《龙城录》早得多。《龙城录》是盗用了"素娥"这个名词，而且意思很含混，并没有明确说素娥就是嫦娥，可能就是指一群穿白衣服的仙女而已。但到了《西游记》里，居然把两个概念混同了，然后还不嫌乱，在嫦娥之外，又单独编出一个"素娥"，作为天竺公主的前世。然后又在这些"嫦娥"（素娥）上面，搞出一个太阴星君来。这就把这个传说彻底搞乱了。

　　然而这部《龙城录》，却是一部彻头彻尾的伪书。这部书据传是柳宗元写的，其实是假托的，很可能就是宋代人编的。这一点，我的朋友罗宁兄已经专门写文章辨明过。

　　五代和宋代人为什么伪造这种典故？说到底反映了一种不好的风气。因为当时人写诗写文章，必须用大量的典故，诗文才显得有学问。没有典故怎么办？那就伪托古人的名字编典故书。这就好比今天网络上好多"知识"，什么光绪皇帝的讲话、各路神仙的来历，其实也多是编造出来的，故意不说出处，有些大咖还信以为真了！

谁告诉你月中玉兔一定是母的？

我们人类看待不同的小动物，总有一些特定的印象。比如童话里写到小熊、小狗、小马，基本是照着男孩子写的；小鸟、小鹿、小猫，基本上是照着女孩子写的。孙幼军先生有篇童话《小狗的小房子》，就把小猫拟人成女孩，小狗拟人成男孩，小男孩要照顾保护小女孩。

其实什么动物都有雌有雄，只是这些动物，从外表上不易分辨雌雄，人类印象深刻的只是它们的性格。所以凡是有力量的、活跃的，就容易写成男孩；凡是温顺的、灵巧的，就容易写成女孩了。

兔子是比较温顺的动物，所以容易被编成女孩。苏联动画片《兔子等着瞧》里，兔子的配音演员是克拉拉·鲁米扬诺娃，这也是一只母兔子了。

古人也不例外，在传统的说法中，他们也把所有的兔子看作母的，唯独有一个例外，偏偏就是月里的这只兔子是公的！例如：

> 天下之兔皆雌，惟顾兔（即月中玉兔，阴精所积）为雄，故皆望之以禀气。（《尔雅翼》）
> 世兔皆雌，惟月兔雄尔，故望月而孕。（《后山谈丛》）

甚至还有人写诗：

> 雄兔在月中，雌兔长相望。月中不顾侬，孕子何由
> 两。（《翁山诗外》）

也就是说，在我国传说中，人间所有的兔子都是母的，它们要生小兔子，就要晚上拜月亮。望着月中玉兔一拜，就怀孕了。然而生的小兔子还是母的。天上这只玉兔，是人间一代一代所有兔子的爸爸！

当然，劳动人民都知道兔子是有公有母的；就是读书人，在脱离了神话传说的语境下，当然也知道人间兔子是有公母的，否则就不会有"雄兔脚扑朔，雌兔眼迷离"这样的诗了。但月中的这只玉兔，本来就是一个神话传说，在神话的逻辑里面，它就是公的了！

这还真不是我们今天牵强附会。因为明代《西游记》面世后，就有人吐槽了，这个人，就是大名鼎鼎的李贽（也有人说是叶昼伪托的，总之不会晚于明末）。他评这一回说：

> 向说天下兔儿俱雌，只有月宫玉兔为雄，故兔向月
> 宫一拜，便能受孕生育。今亦变公主，抛绣球，招驸马，
> 想是南风大作耳。今竟以玉兔为弄童之名，甚雅致。书
> 罢一笑。

南风，就是男色。清褚人获《坚瓠五集》卷三：

> 美男破老，男色所从来远矣……闽、广两越尤甚。
> 京师所聚小唱最多，官府每宴，辄夺其尤者侍酒，以为

盛事，俗呼为南风。

所以金大侠《笑傲江湖》一开头就有这么一段：

> 那姓余的年轻汉子笑道："贾老二，人家在骂街哪，你猜这兔儿爷是在骂谁？"林平之相貌像他母亲，眉清目秀，甚是俊美，平日只消有哪个男人向他挤眉弄眼的瞧一眼，势必一个耳光打了过去，此刻听这汉子叫他"兔儿爷"，哪里还忍耐得住？

林平之也正是闽、广一带的人。用兔子、兔儿爷称呼小白脸的，至少有几百年的历史了。从李贽的评点中我们又可知道弄童也可叫"玉兔"。

所以如果不是另有深意的话，只能说这位作者没考虑到玉兔是公兔子的这个典故，或者根本不知道。

以上吐槽了这么多，并无意否认《西游记》总体的价值。我一直强调，阅读名著，要以平等的心态去看待它。好的地方自然说好，不好的地方自然说不好。这才是真正的"取其精华，去其糟粕"。否则见到名著的大名头，就不敢说一句否定的话，这是不合适的。《西游记》是一部长期积累、杂凑而成的书，并不是某个人一次写成的。这一点我反复说过。它的作者是一个人（例如吴承恩）的可能性很小。这一回就暴露了这一点，很可能是某个作者后编造出来，用来充难数、凑回数的，因为它的写作风格和此前的很多故事太不相似了。

一个吃货眼中的《西游记》

西游的美食，是值得聊一聊的。只是这个话题讲起来太散乱，都是一个点一个点的。大致归纳一下，可以分素斋、面食甜点、野菜、饮品四个方面。

素斋的食材

唐僧师徒是僧人，整部《西游记》注定和肉食无缘。其实吧，我觉得，素菜并不代表不好吃。素食自有美味，是肉食比不了的。

素食里，我最喜欢吃土豆。唐僧师徒如果吃素，按今天来讲，最方便、解饿、好吃的东西也莫过于土豆。土豆炖豆角、薯片、薯条、土豆泥……哪样不好吃？然而，整部《西游记》却从来没有提到过吃土豆。究其原因，是土豆传入中国的时间非常晚。学界一说顺治年间，一说康熙年间，最早的说法，也不过是明万历年间。即便传入了，也没有广泛种植，所以成书于明嘉靖、万历之间的《西游记》当然不会有土豆了。

但唯独有一处可疑，这就是镇元大仙的菜园子。里面种的菜是：

> 布种四时蔬菜，菠芹薯荙姜苔。笋薯瓜瓠茭白，葱蒜芫荽韭薤。窝蕖童蒿苦蕒，葫芦茄子须栽。蔓菁萝卜羊（按：当作芋）头埋，红苋青菘紫芥。

这里还真提到了"薯"。但是未必是"马铃薯"，因为明代以前提到吃的"薯"，多数指薯蓣，即山药，和今天所说的"番薯""地瓜"也是两种东西。

另外镇元大仙的这一堆蔬菜都是什么呢？薯荙，就是"薯荙菜"，又称恭菜、甜菜。苦蕒，今天叫苦荬菜。菘，就是白菜。其他的大家基本都知道，就不一一解释了。从这首诗看，作者根本不管出家的道士是不是忌"五辛"，因为葱、蒜、韭都种。

《西游记》里常吃的素菜，莫过于下面这样的：

> 令弟已是死了，不必这等扛丧，快些儿刷净锅灶，办些香蕈、蘑菰、茶芽、竹笋、豆腐、面筋、木耳、蔬菜，请我师徒们下来，与你令弟念卷《受生经》。（第三十五回）

> 那八戒那管好歹，放开肚子，只情吃起。也不管甚么玉屑米饭、蒸饼、糖糕、蘑菇、香蕈、笋芽、木耳、黄花菜、石花菜、紫菜、蔓菁、芋头、萝蕧、山药、黄精，一骨辣噇了个罄尽。（第五十四回）

> 荤有猪羊鸡鹅鱼鸭般般肉，素有蔬肴笋芽木耳并蘑菰。（第六十九回）

> 说不尽蘑菰木耳、嫩笋黄精，十香素菜，百味珍馐。（第七十九回）

最常见的就是菇类、竹笋、木耳、豆腐、面筋这几样。而且，吃笋特意要"闽笋"，在灭法国：

> 那妇人越发欢喜，跑下去教："莫宰！莫宰！取些木耳、闽笋、豆腐、面筋，园里拔些青菜，做粉汤，发面蒸卷子，再煮白米饭，烧香茶。"

闽笋到今天也是非常有名的，产于武夷山区。但是卖到外地的，一般都是笋干。挖出鲜笋后，经木榨、炭烤、蒸煮、压片、烘干等工艺，前后历时四十五天。上等的闽笋呈金黄色半透明，肉厚而脆嫩，能炒能拌能煲汤。李时珍《本草纲目·菜二·竹笋》："南人淡干者为玉版笋、明笋、火笋，盐曝者为盐笋，并可为蔬食也。"

明清时，福建做闽笋生意的商人甚至成立了商会，这就是笋帮公栈。凡收购笋干、签订合同、商讨价格、入股聚资均在此进行。可见其生意规模之大。

《西游记》作为民间读物，想象大唐的御膳房做出来的素菜又是什么呢？其实也不过如此：

> 烂煮蔓菁，糖浇香芋。蘑菇甜美，海菜清奇。几次添来姜辣笋，数番办上蜜调葵。面筋椿树叶，木耳豆腐皮。石花仙菜，蕨粉干薇。花椒煮莱菔，芥末拌瓜丝。几盘素品还犹可，数种奇稀果夺魁。核桃柿饼，龙眼荔枝。宣州茧栗山东枣，江南银杏兔头梨。榛松莲肉葡萄

大，榧子瓜仁菱米齐。橄榄林檎，蘋婆沙果。慈菇嫩藕，
脆李杨梅。

　　其实也不过是觉见的蔬菜果品而已。蔓菁（或芜菁、大头菜）
这种东西，曾经是古人的主要蔬菜，甚至进入主食的领域，荒年
也指着它度过。今天我们各种营养的食品太多了，所以芜菁吃得
少了，不过有时候当咸菜吃。有些地方还吃芜菁饭，和烂煮蔓菁
是一种做法。在大唐御膳房的宴席上竟然是第一道菜，这说明
《西游记》还是一套民间思维。

　　值得注意的是，唐太宗御膳房里，还有一道"蕨粉"，其实
就是蕨根粉。把野生蕨菜的根洗涤、捣碎，过滤出淀粉，晒干后
制成粉丝。今天饭店里也都能吃到。今天当然是当小菜吃了，过
去可是救荒的东西。清朝贵州人龙绍讷甚至有一篇《蕨粉赋》，
专门讲饥民是怎么靠蕨根粉度过灾荒的。这些东西能上《西游记》
御宴的席面，足见其作者不脱底层社会的气息了。

面食和甜食

　　除了蔬菜，《西游记》也写了不少主食和甜点，比如：

　　琼膏酥酪，锦缕肥红。宝妆花彩艳，果品味香浓。
斗糖龙缠列狮仙，饼锭拖炉摆凤侣。（朱紫国）
　　蒸酥蜜煎更奇哉，油札糖烧真美矣。（玉华州）
　　那呆子还变做老君。三人坐下，尽情受用，先吃了
大馒头，后吃簇盘、衬饭、点心、拖炉、饼锭、油煤、

蒸酥，那里管甚么冷热，任情吃起。（车迟国）

这里的拖炉就是"拖炉饼"，一种小酥饼，用两只炉子上下放置烤制。据说张家港一带今天仍然盛行。饼锭就是圆形小饼。油札、油煠都是油炸的意思。

"斗糖龙缠列狮仙"是什么意思？斗糖龙缠，即斗糖斗缠。其实是一种带造型的甜点。例如明代海瑞《备忘集》卷五的在南直隶巡抚任上的《督抚条约》，就禁止过这种东西，如：

> 忠靖凌云巾、宛红撒金纸、斗糖斗缠、大定胜饼桌
> 席物……凡属侈靡，法当严禁。

海瑞是明代的大清官，看不惯的事很多。像这种《督抚条约》，本意是很好的。比如"官吏不得出郭迎送""各属官俱用本地服色见""本院到处不用鼓乐""所在县驿俱不许铺毡结彩"。然而有些地方也未免太过苛细："各官参见手本"用价廉草纸，前后不许用纸壳，不许留空白；经济发达地方招待，不许超过三钱银，不发达地方不许超过二钱银；等等。制度细到这种程度，执行起来到底怎么监督、怎么实施，恐怕就是个麻烦事。难道还得天天盯着手本用没用纸壳？最后一页有没有空白？别的工作还做不做了？

明代中期，经济发达，自然民间想方设法开发许多新产品出来。像"撒金纸"（也叫"洒金纸"），写字作画时很常用的。那种带硬纸壳的手本，也都是在"香蜡店"买现成做好的——今天书画店也卖这种空白册页。这类东西当然一生产就是一大批，假

如都像海瑞规定的那样"府县官即当责令制卖之家不复制卖"，岂不又是巨大浪费？这简直就是砸商铺的饭碗，让人家喝西北风。

《西游记》里的这种"斗糖狮仙"，就是海瑞看不惯的一种。然而这也不是帝王家的专利。在灭法国，每人五钱银子（约合 150 元人民币）的宴席，标配就是"五果五菜的筵席。狮仙斗糖桌面"，外加房钱和"小娘儿"陪唱陪歇。说实话根本不贵，今天在味多美买一个大蛋糕也得三百多元！大概是缠糖做起来比较麻烦，《格致镜原》卷二十三引《事物绀珠》：

> 缠糖或以茶、芝麻、砂仁、胡桃、杏仁、薄荷各为体缠之。

明宋诩《竹屿山房杂部·养生部》里的糖缠制法：

> 凡白砂糖一斤，入铜铁铫中，加水少许，置炼火上镕化，投以果物和匀，速宜离火，俟其糖性少凝，则每颗碎析之，纸间火焙干。

狮仙，也叫兽糖，是用模具浇成的狮子、八仙形状的糖果，现在称糖人、糖狮子。明宋应星《天工开物·造白糖附造兽糖》：

> 凡造兽糖者，每巨釜一口，受糖五十斤……下用自风慢火温之，看定火色，然后入模。凡狮象糖模，两合如瓦为之，杓泻糖入，随手覆转倾下。

把模子去掉，就露出造型了。宴席时摆在桌子上，既可观赏，也可食用。除了走兽外还有"鸳鸯锭"，就是做成鸳鸯形状的糖。其实明朝人和我们今人的心态很相似，既追求好吃也追求好看。都按海大人的要求，今天的味多美、好利来、金凤成祥就都不用开了！

野　菜

《西游记》里最奇特的，就是唐僧师徒在隐雾山救了一个樵夫，樵夫为他们上了一桌野菜席：

> 嫩焯黄花菜，酸齑白鼓丁。浮蔷马齿苋，江荠雁肠英。燕子不来香且嫩，芽儿拳小脆还青。烂煮马蓝头，白熝狗脚迹。猫耳朵，野落荜，灰条熟烂能中吃；剪刀股，牛塘利，倒灌窝螺操帚荠。碎米荠，莴菜荠，几品青香又滑腻。油炒乌英花，菱科甚可夸；蒲根菜并茭儿菜，四般近水实清华。看麦娘，娇且佳；破破纳，不穿他；苦麻台下藩篱架。雀儿绵单，猢狲脚迹，油灼灼煎来只好吃。斜蒿青蒿抱娘蒿，灯蛾儿飞上板荞荞。羊耳秃，枸杞头，加上乌蓝不用油。几般野菜一餐饭，樵子虔心为谢酬。

当然不可能一顿就上这么多野菜，这只能说是作者在故意炫耀（或普及）野菜的知识。其实这里提到的当时常见野菜，均见于明王磐《野菜谱》。这里仅就《野菜谱》的记载举几个例子：

白鼓丁，即蒲公英。马齿苋，常见野菜，又称长命菜、五方草等。雁肠英，即繁缕，又称鹅肠菜、雁肠子，"二月生如豆芽菜，熟食之；生亦可食"。燕子不来香，"可熟食。燕来时，则腥臭不堪食，故名"。芽儿拳，"正二月采，熟食"，又"芽儿拳，生树边，白如雪，软似绵"。马蓝头，又称马拦头、马兰头、马菜，"二三月丛生。熟食。又可作齑"，《随园食单》："摘取嫩者，醋合笋拌食。油腻后食之可以醒脾。"狗脚迹，一茎五叶，味淡涩，"霜降时采之，熟食。叶如狗印，故名"。破破纳，即婆婆纳，"腊月便生，正二月采，熟食。三月老，不堪食"。枸杞头，即枸杞的嫩芽，"村人呼为甜菜头。春夏采嫩头，熟食。秋采实，即枸杞子。冬采根，即地骨皮"。

马齿苋、婆婆纳，在今天仍然是常见的野菜，其他野菜的名字在某些地区依然这么叫。

然而为什么要编《野菜谱》？这其实是为救灾荒准备的工具书。编纂目的和《救荒本草》等书是一样的，有图有文，备荒年救饥时参考。

饮　品

最后简单说一下《西游记》中的酒。

《西游记》中经常涉及两个概念，荤酒和素酒。比如老鼠精给唐僧喝酒，唐僧默念道：

> 此酒果是素酒，弟子勉强吃了，还得见佛成功；若是荤酒，破了弟子之戒，永堕轮回之苦！

食物分荤素，酒为什么也分荤素呢？难道荤酒是肉酿的？这里的荤和素的标准，并不涉及原材料，而指喝下去的效果。据周岩壁先生《〈西游记〉和〈水浒传〉中的素酒与荤酒》：

> 从效果上说，素酒就是不会使饮者沉醉乱性的酒；从品性上说，就是酒精度较低、没有辛辣的过强刺激性味道。具有这样品性的酒，往往是甜酒。比如米酒或葡萄酒……从滋味上讲，葡萄酒和糯米酒都属素酒。

我认为这个说法是靠谱的。因为第八十二回有一句，"他（孙悟空）知师父平日好吃葡萄做的素酒，教吃他一钟"，可见唐僧也是不忌酒的。葡萄酒度数低，喝了不至于醉。佛教五戒指戒杀、盗、淫、妄、酒。佛教认为前四条是根本戒，酒戒是"遮戒"。理论上说，只喝酒并不是什么罪过，但酒可以使人乱性，所以也算在"五戒"之内了。

另外，历史上的玄奘法师，路上经常喝"蒲桃浆"。例如在突厥叶护可汗那里：

> 可汗共诸臣使人饮，别索蒲桃浆奉法师，于是恣相酬劝。（《大唐大慈恩寺三藏法师传》）

可见玄奘法师喝的是葡萄汁，也在酒场上"恣相酬劝"起来了。又如《大唐西域记》：

> 沙门、婆罗门饮蒲萄、甘蔗浆，非酒醴之谓也。

　　蒲桃就是葡萄。蒲桃浆就是葡萄汁，而葡萄汁正是葡萄酒的原料。葡萄是很容易发酵的，尤其是可汗临时找来的那种"蒲桃浆"，带点酒精是免不了的。

《西游记》里是怎样办案的？

《西游记》第九十六、九十七两回，写的是寇员外招待唐僧师徒四人，临行时鼓乐欢送，结果露富招来了强盗。强盗把寇员外打死，劫走了家财。寇家反倒诬告唐僧师徒，说他们是强盗。孙悟空显法力，辨别冤屈，并从阴曹地府带回了寇员外的灵魂，使他死而复生。这一回完全没有妖魔鬼怪，倒是写了很多明代的司法制度，当成一篇社会风俗史来看是很有意思的。

原告起诉

比如写寇洪被强盗打死后，寇家商量着要告状，第一步，先得写状子，寇家兄弟说：

> 母亲既然看得明白，必定是了。他四人在我家住了半月，将我家门户墙垣、窗棂巷道，俱看熟了。财动人心，所以乘此雨夜复到我家，既劫去财物，又害了父亲，此情何毒！待天明到府里递失状坐名告他。

所谓的"失状"，就是指告发偷盗、抢劫案件的状纸，还得附上财物清单。明代有位大臣佘自强，曾任陕西巡抚，对司法这一套很熟，他有一部《治谱》，就是专门记载怎么办案的，可以和《西游记》比照着读一读。例如"盗后立案"：

> 凡一村之内，有一家被盗，保正人等，星夜报官。失主即补失状。

有的失主不敢告，怕强盗报复，这时就需要地方保正出面，督促失主写失状上报。失状的内容包括：入门出门形状，即描述强盗进门后一直到出门都干了什么；劫去赃物的清单；金银首饰，需要说明式样；衣服器皿，需要说明颜色、新旧；银子，要说明大锭还是散碎银两；要说明是打劫的还是偷盗的。

所以这里寇家的失状写道："唐僧点着火，八戒叫杀人。沙和尚劫出金银去，孙行者打死我父亲。"正是失状要求的"入门出门形状"。

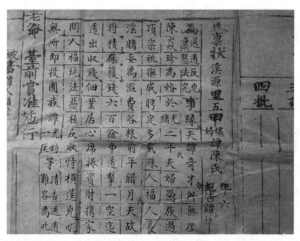

清代的状子

也有编造失状的，《治谱》里就记过，有个人和别人斗殴，不小心把对方杀了，就写了一张失状，说死的这个是强盗，因为抢钱才把他打死的。这里的寇家失状，也是编造的。所以，失状虽然是一手的资料，但地方官要格外注意分辨。

公堂告状

《西游记》里写刺史姜坤三坐堂问案：

> 当时坐了堂，发放了一应事务，即令抬出放告牌。这寇兄弟抱牌而入，跪倒高叫道："爷爷，小的们是告强盗得财杀伤人命重情事！"

这里的"放告牌"，就是官府用于接受民众告状的牌子。元明杂剧老爷坐堂，经常有"抬出放告牌去"这样的话。牌置于衙门外，告状者抱牌而进，方可受理。佘自强《治谱》卷二"置放告牌"："凡告衙门人首衙门弊者，抱此牌进，余仿此。"

据明弘治年间的《常熟县志》记载，县衙里的这种放告牌只有一面，只有抱着牌子上公堂，老爷才会问案。有人抱进去了，后面再来的人就不能再抱，只能等着这一起审完，放出来，放告牌才能重新使用。有点像今天立案大厅取号机。

老爷抓人

《西游记》里的姜老爷，接到状子就马上下令抓人，抓来就一通打。其实根据《治谱》，凡告失状后，还有一个查看现场的环节。要么审理案件的官员自己去，要么委派捕盗官去被盗地方，先审街坊四邻。问清楚是明火执仗，还是暗进暗出。邻居们知不知道，是偷抢了一家还是多家。这些都得和原告的诉状对得上才行。否则怎么判断是不是编造的？当然《西游记》不是侦探小说，可以不在乎这一点，一些刑侦环节省略过去也无伤大雅。

在明代久经官场的人都了解，真正知道强盗底细的，其实是衙门里的捕头。所谓"捕役，盗之窟穴也"。每个资深的捕头，除了那点工资之外，每月都有一笔"月钱"，这钱是哪里来的？当然是惯盗们孝敬的。这种惯盗，捕头们都是门儿清门儿清的，养着就是用来收孝敬的。所以《治谱》说了这样一段话：

> 凡属真正惯盗。此辈（指捕头）岂惟不拿，且从而庇护之。养为赚钱之资。甚至有泄机于彼，而使远逃潜踪于城而落于捕家者。地方大盗生发，失财果多，待失主递失状后，有司宜差着实人乘夜呼唤积年老捕。老捕家如有踪迹可疑之人，一便擒来审问，天网奇幸，甚至有随身之赃一时并获者。

遭了盗抢，第一时间竟是去资深"公安干警"家里抓人，还往往一抓一个准儿。说实话，我看到这，不得不赞一下这位陕西巡抚，这就是工作经验！

警匪一家，只要监管不力，古今中外其实都差不多。有意思的是，这些话是堂堂陕西巡抚写在自己的公开出版物里的。

但是，如果在这种老捕头家抓不到人，就每三天一催。只要人赃俱获，就拿赃款一半赏捕头，这就是所谓：

> 每三日一比（催逼），如拿获真盗，起获真赃，即将失主获赃分半给赏，吩咐谆切，着实力行。

这笔奖金是不用动国家财政的……所以《西游记》里"那刺史端坐堂上，赏了民快，检看了贼赃，当叫寇家领去"，这打赏怕是用的寇家的钱了。

强盗收监

老爷审了案，不管有没有结案，嫌犯要收监。《西游记》这段写得极真实：

> 可怜把四众捉将进去，一个个都推入辖床，扣拽了滚肚、敌脑、攀胸。禁子们又来乱打。三藏苦痛难禁，只叫："悟空！怎的好？怎的好？"行者道："他打是要钱哩。常言道：'好处安身，苦处用钱。'如今与他些钱便罢了。"三藏道："我的钱自何来？"行者道："若没钱，衣物也是，把那袈裟与了他罢。"三藏听说，就如刀刺其心。一时间见他打不过，又要得紧，无奈只得开言道："悟空，随你罢。"

这里的辖床、滚肚、敌脑、攀胸，都是古代束缚囚犯的刑具。辖床，又名桎床、押床、匣床，是床形刑具，将囚犯全身固定于内，不能移动。头顶头发系在环里，脖子有锁，胸前有拦胸铁索，肚子上有压腹木梁，两手、腿脚，都牢牢锁住。然后盖上盖子。这片盖子叫"号天板"，上面密密麻麻全是朝下的钉子。盖上后，钉子尖离人不到二寸。值班的狱卒就在这"号天板"上睡觉。（明吕坤《新吾吕先生实政录》）

这号天板上，也未必上那么多钉子，有时候只是两根，然而这两根正好在眼睛前面。只要头一抬，眼睛就瞎了。（清李修行《梦中缘》）

知法懂法读《西游记》

《西游记》里还有很多涉及法律的情节。因为这是一部明代的小说，其中说的当然是明法而不是唐法。很多内容，都能在《大明律》里找到原型。比如我们常说的"不知者不怪"，就来自古代法律的常用语"不知者不坐"。在平顶山，银角大王念遣山的咒语，把几座大山搬来压孙悟空。山神担心孙悟空报复，揭谛就安慰他说："你且休怕，律上有云'不知者不坐'。"《大明律》规定，在很多情况下，不知情而犯了法，是不追究的。

唐僧师徒里，以猪八戒最为精通法律，他几次引《大明律》，都头头是道。比如孙悟空带猪八戒进入乌鸡国御花园，孙悟空叫嚷起来，猪八戒急忙制止道：

　　哥呀，害杀我也！那见做贼的乱嚷，似这般吆喝！
　　惊醒了人，把我们拿住，送入官司，就不该死罪，也要解回原籍充军。

《大明律》卷十八《刑律·贼盗》"盗内府财物"条及其后《条例》，凡盗内府（即皇室的仓库）财物，除车马衣服要判死罪外，银六十两以上者，发往边疆永远充军。这里猪八戒把两种可能都说到了，足见八戒是个知法懂法的人。

猪八戒甚至很知道援引法律保护自己。

（猪八戒）只得拖着钯，抖搜精神，跑将出去，厉声骂道："你这个弼马温，着实惫懒！与你有甚相干，你把我大门打破？你且去看看律条，打进大门而入，该个杂犯死罪哩！"行者笑道："这个呆子！我就打了大门，还有个辩处。像你强占人家女子，又没个三媒六证，又无些茶红酒礼，该问个真犯斩罪哩！"

"杂犯死罪""真犯斩罪"，也是当时的法律术语。通俗理解，"杂犯死罪"是犯了被当时认为影响不太严重的死罪，不用立刻执行死刑，还可以减刑、缓刑、用钱赎。"真犯死罪"是影响比较严重的死罪，是不能赦免的。明代弘治之后，有真犯死罪决不待时斩罪三十七条、真犯死罪秋后处决斩一百条，这应该就是孙悟空所说的"真犯死罪"中的"斩罪"。

另外《大明律》中没有"打入大门而入"这样细的条款，但是卷十八《刑律·贼盗》有一条，"夜无故入人家"，若被主家杀死者勿论。《大明律》卷六《户律·婚姻》"强占良家妻女"条规定：凡豪势之人强夺良家妻女，奸占为妻妾者，判绞刑。所以孙悟空打破猪八戒大门闯进去，猪八戒完全可以格杀勿论的，当然是在打得过的前提下。

其实这个"夜无故入人家"，放在哪个国家、哪个时代，都是一个重大的话题，因为这涉及对私有财产保护和隐私权的不容侵犯。很多朋友一说外国人"风能进，雨能进，国王不能进"就津津乐道，以为人家就是先进。其实我国历史上的相关法律规定一点都不逊色，比如：

> 无故入人室宅庐舍……其时格杀之，无罪。（汉律，《周礼》郑众注）

> 诸夜无故入人家者，笞四十。主人登时杀者，勿论；若知非侵犯而杀伤者，减斗杀伤二等；其已就拘执而杀伤者，各以斗杀伤论，至死者，加役流。（《唐律疏议》，宋律同唐律）

> 诸夤夜潜入人家，被殴伤而死者，勿论。（《元史·刑法志》）

> 凡夜无故入人家内者，杖八十。主家登时杀死者，勿论；其已就拘执而擅杀伤者，减斗杀伤罪二等；至死者，杖一百，徒三年。（《大明律》，清律沿用此条）

从汉代到清代，对夜里"无故"进入人家的人，不管是偷抢奸淫，主家都可以当场格杀勿论。因为这种行为对主家构成了极大的威胁。就算是"知非侵犯而杀伤"，罪过也比普通杀伤人的轻。民间还有这样的俗语"深夜入宅，非奸即盗"。

说实话，今天又怎么样！经常听说有小偷入室盗窃，被主家打死，主家反倒判刑的事，司法解释说必须是小偷对主家正在实施行凶、杀人、抢劫、强奸、绑架及其他严重危及人身安全的暴力犯罪，主家把他打死才算正当防卫（出自新闻转述）。这种判决其实在一定程度上助长了歹徒的气焰，对保护私有财产没有什么好处。

灵山上都有什么？

灵山在哪里

灵山这个地方，是印度真实存在的地名。玄奘法师也去参访过，当时叫"姞栗陀罗矩吒"，旧译耆阇崛山，一个是巴利语，一个是梵语。又称灵鹫山或灵山。《西游记》里也称"大西天灵鹫仙山雷音宝刹"。山名"灵鹫"一个说法是山上多鹫鸟，另一个说法是山顶石头像鹫鸟。

这座山之所以有名，是因为佛祖曾在这里讲过许多经，尤其是大乘经典，例如《法华经》《大般若经》，净土宗的《无量寿经》《观无量寿经》等禅宗故事，佛祖拈花和迦叶微笑，也是在这里发生的。

灵鹫山海拔不过几百米，其实就是个小山包。据参访过的人说，"步行十几分钟就下山了"。作为佛教圣地竟然如此不"高大上"？

其实想一想就知道，佛祖当年也不可能跑到特别深、特别高的山上去说法。因为听法的人动辄"五百众""千众"，甚至《法华经》里的"万二千众"，就算除去夸张成分，这么多人吃喝拉撒、交通住宿都是问题。就近有可依托的城市才是合理的。下图是印度王舍城、那烂陀寺和灵鹫山的实际地图。可以根据比例尺看一下，不过两三公里，佛祖讲完经，完全可以跑到王舍城溜达一圈再回去。

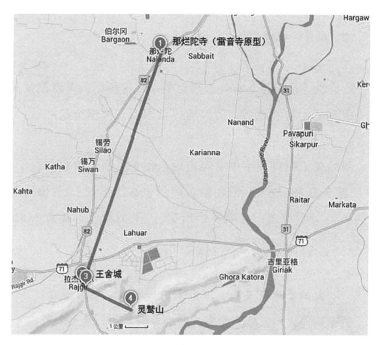

王舍城周边地图

玉真观

《西游记》里的灵山脚下，有一座玉真观。为什么要在灵山脚下放一座道观？原文其实也说了：

> 大仙道："且住，等我送你。"行者道："不必你送，老孙认得路。"大仙道："你认得的是云路。圣僧还未登云路，当从本路而行。"行者道："这个讲得是。老孙虽

走了几遭，只是云来云去，实不曾踏着此地。既有本路，还烦你送送。我师父拜佛心重，幸勿迟疑。"那大仙笑吟吟，携着唐僧手，接引旃檀上法门。原来这条路不出山门，就自观宇中堂穿出后门便是。

如果说《西游记》有什么寓意的话，这段话的寓意就很深。从《西游记》出版之后，历代的评点家们，都围绕这一段大加赞赏：

例如在"就自观宇中堂穿出后门便是"后，李卓吾批了一句："禅玄原是一家。"清朝的黄周星也在这里说："仙佛同源，到此不但明明说出，且明明画出矣。"不但如此，还有一大段总批：

> 由玉真观至灵山，不出山门，即从中堂而出后门，明乎仙佛同门，道为堂宇，而禅为闺奥也。且大仙所指者，不在平地而在高峰，又明乎仙佛同归，道为入门升堂，而禅为登峰造极也。两家会合之妙，明白显易，无过于此。不然，《西游》一成佛之书也，何以前有三星洞之神仙，后有玉真观之大仙耶？

清刘一明注此二句：

> 前面有为之道过去，即是后边无为之道，不必另寻门户，"只此一乘法，余二皆非真也"。

这几段话什么意思呢？其实灵山是佛教圣地，本来不应该有道观。"玉真观"正是道教人士改造《西游记》的明显痕迹。从道观后门上灵山，正是认为修得金丹大道与成佛本来无二。"道为堂宇，而禅（或佛）为阃奥"的意思，就是说道是厅堂，而佛禅是内室，修道是通向成佛的门径和必经之路。

我之前说过了，《西游记》本来就是一部找佛祖取经的书，不可能改成找太上老君取经。既然剧情改不了，那就给灵山大门口修一座玉真观，要进灵山，必须从我这里买票！这有点像今天的旅游局或开发公司，投资了一个庙宇，把和尚们圈在里面，门票收入都归了旅游开发公司了。"云来云去"的管不着，只要是"踏着此地，本路而行"的，一律要从玉真观通过。试问这哪里是崇佛贬道？到底是修改佛教还是致敬佛教，就看抱着什么心态去理解了。

凌云渡

凌云渡也是这样，首先从功能上来讲，它是一条大河，拦住了凡间到雷音寺的路。像这样的功能性的大河大水，历史上有很多，例如昆仑山周围，就是有弱水环绕的。蓬莱山周围，也是有大海环绕的，船开近了，就有神风把船吹跑。又如明洪楩辑《清平山堂话本·张子房慕道记》说，张良辅佐汉高祖取得天下后，即出家修道，汉高祖思念不已，访至山中。

张良引驾，正行之间，前面一个仙童，指化一条大涧，横担独木高桥一根，请高祖先行。高祖恐怕木滚，不敢行过。张良拂袖而过此桥。

清代《镜花缘》里，唐敖成仙之后，女儿唐闺臣去小蓬莱寻访，快到山顶时，也是遇到一座宽数十丈的瀑布，无法通过。这样从逻辑上就避免了凡间人随随便便地到仙境溜达。所以玉真观还是凡间，代表了凡人"踏着此地"，依"本路"的修行。过了凌云渡，就脱胎换骨了。

至于那条"无底船"，也是禅宗经常提起的话头，比喻能使人解脱而不可思议、无法用语言表述的佛法。宋《大慧普觉禅师语录》卷二十九书信《答杨教授》："欲来年春夏间，棹无底船，吹无孔笛，施无尽供，说无生话。"元普度禅师圆寂时作偈："八十二年，驾无底船。踏翻归去，明月一天。"看上去"无底"，只要勇于朝上一跳，就超登彼岸了。

唐僧过凌云渡的时候，发现自己的肉身顺水漂去：

> 只见上溜头泱下一个死尸。长老见了大惊，行者笑道："师父莫怕。那个原来是你。"八戒也道："是你，是你！"沙僧拍着手，也道："是你，是你！"那撑船的打着号子，也说："那是你！可贺，可贺！"

这也正是内丹家经常说的"出元神"，所谓"真个佛法便是道，一个孩儿两个抱"（《性命圭旨》引刘海蟾语）。内丹术的最高成就是"出阳神"，就是将元神、元炁凝炼成脱离于躯壳、永恒存在的生命体，名为阳神。时机成熟即可移出体外，原来的躯壳就可以抛弃了。而佛教中也有视肉身为皮囊，舍弃肉身成佛的说法。这里明显把成仙成佛合二为一了。

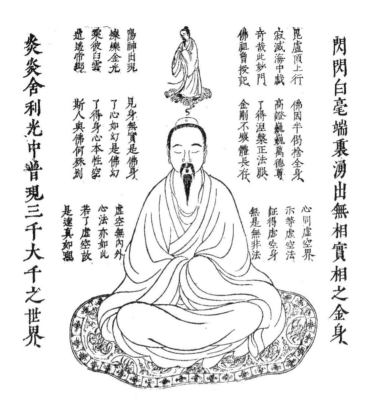

《性命圭旨》中的"本体虚空超出三界图"（明万历刊本）

明代的三教合一

我们看《西游记》，如果抱着斗争的成见去看，肯定处处是斗争。但是如果抱着平等、合作的眼光去看，反倒更多能看出佛道的融合。因为这种仙佛同源、佛道合一的思想，正是明代人所特别崇尚的。

明代民间并没有我们想象的那么激烈的佛道斗争，反倒是大家都认为：修仙和修佛其实是一回事。这种思想，凡是通达的人物都能意识到。全真教从创教之始，就是主张三教合一的，例子都不要太多。例如：

> 释道从来是一家，两般形貌理无差。（王重阳）
>
> 道毁僧，僧毁道。奉劝僧道，各休返倒。出家儿、本合何如，了性命事早。好参同，搜秘奥。炼气精神，结为三宝。真如上、兜率天宫，灵明赴蓬岛。（马钰）
>
> 一念无生即自由，心头无物即仙佛。（丘处机）

《性命圭旨》中的"三圣图"（明万历刊本）

据山东友人说，全真七子之一的孙不二也在道教圣地昆嵛山上留下了"愿成正等正觉"的手迹。佛道儒三教本来都应该怀着包容去看待对方。

高僧们怎么样呢? 明代四大高僧之一的憨山德清，也一样说:

> 为学有三要:所谓不知《春秋》，不能涉世;不精《老庄》，不能忘世;不参禅，不能出世。

明代民间宗教，也都喜欢讲"三教合一"，例如福建的林朝恩创的"三一教"，至今还在福建、台湾、广东流行。它的教义，正是以儒为"立本"、以道为"入门"、以佛为"极则"的。

世界各国各民族的宗教，都是产生于自己的文化土壤之上的，首先都是适合自己的民族特点的。从这个角度来说，你叫上帝，我叫道炁，他叫佛祖，初衷并无什么本质区别，本来都是去解决终极关怀的问题的。从这一点看，《西游记》所持的态度实在是非常高明。

唐僧到底取到了什么"真经"？

唐僧师徒来到西天大雷音寺，拜见如来佛祖，佛祖说了这么一段话，很有意思：

"我今有经三藏，可以超脱苦恼，解释灾愆。三藏：有《法》一藏，谈天；有《论》一藏，说地；有《经》一藏，度鬼。共计三十五部，该一万五千一百四十四卷。真是修真之径，正善之门。凡天下四大部洲之天文、地理、人物、鸟兽、花木、器用、人事，无般不载。汝等远来，待要全付与汝取去，但那方之人，愚蠢村强，毁谤真言，不识我沙门之奥旨。"叫："阿傩、伽叶，你两个引他四众到珍楼之下，先将斋食待他。斋罢，开了宝阁，将我那三藏经中，三十五部之内，各检几卷与他，教他传留东土，永注洪恩。"

这一大段话里，凡是画出来的，都很有意思，值得一读再读。

读真经，吃真饭，喝真水

首先，"三藏"，是佛教经典的总称，分经、律、论三部分（通晓"三藏"的僧人，被称为三藏法师，如玄奘称"三藏法师"，其实历史上有许多"三藏法师"）。这就奇怪了！《西游记》里如来把经、律、论改成了法、论、经，总称为"三藏真经"（第八回），难道是冒牌的？而且"真经"这个词，简直就成了唐僧化斋的口头禅，一部《西游记》从头说到尾，他最常说的一句话是：

贫僧是从东土大唐而来，去西天拜佛求取真经的。

然而，只要检索一下《大藏经》就知道，佛教并不会把自己的经典称为"真经"，尤其是经书的名字，也从来没有什么"三藏真经"或者"楞严真经""金刚真经""阿含真经""地藏真经"（这些经典在佛教界和文献意义上的真伪，不在本书讨论范围内）……"真经"这个词，在佛典里出现的是很少的。反倒是道教喜欢管自己的经典叫"真经"。比如：《道德真经》（《老子》）、《南华真经》（《庄子》）、《通玄真经》（《文子》）、《冲虚真经》（《列子》）、《太上玄灵北斗本命延生真经》、《元始天尊说灵应药王救八十一难真经》、《混元八景真经》、《上清明鉴真经》、《元始天尊济度血湖真经》等等。此外还有《灵宝真经》《八素真经》《大洞真经》《洞神真经》……去《道藏》里一抓一大把。真经，本来是道教的专属标签，佛教基本是不会来抢的。

经就是经，何必非得加一个"真"字？这就好比今天网上各种假冒盛行，所以购物网站才强调"官网"，媒体才强调"官媒"，微博有"官微"，微信号有"官号"……

历代皇帝都喜欢修实录，也是这个原因。录就是录，何必"实录"？这一点启功先生讲得很清楚：

> 人每日饮食，未闻言吃真饭，喝真水，以其无待申明，而人所共知其非伪者。史书自名"实录"，盖已先恐人疑其不实矣。又"实录"开卷之始，首书帝王之徽号，昏庸者亦曰"神圣"，童骏（呆蠢）者亦曰"文武"，是自第一行即已示人以不实矣！

强调自己的经为"真经"，正说明了一种敏感的心态：一是"假经"比真经多，二是真经本身也未必真！怕别人看出来是假的，先抓一个"真"字充场面。诸位千万要相信啊，我叫真李天飞，性别是个真男人，长着两只真眼，伸着一双真手，敲着真键盘，讲解真《西游记》……

佛教的经典完全是公开的，当然，伪经也不少，但很容易拿出来辨证。实在没有必要再加个"真"字。而道教的经书讲究密授，"非其人不传"，无从验证，所以也说不清真的假的，反正谁都说是真经，千真万确实实在在毫无虚假万分真实。例如葛洪《抱朴子》：

> 或有颇闻金丹，而不谓今世复有得之者，皆言："唯上古已度仙人乃当晓之。"或有得方外说，不得其真经；

或得杂碎丹方，便谓丹法尽于此也。

唐天宝元年（742），唐玄宗把老子、庄子、文子、列子四位封为真人，《老子》《庄子》《文子》《列子》四部书封为"真经"。"真经"从此就牢牢地跟定了道教！看来皇上们既喜欢封"真经"，又喜欢修"实录"，倒不违和！

道教和民间信仰，又是分不清扯不开的，于是又搞出许多"真经"来。尤其是佛经原本没有"真"字，被民间信仰改造了之后，反倒喜欢加"真"字，如冒牌《地藏经》的《地藏菩萨度人真经》、冒牌《法华经》的《佛说大乘通玄法华真经》，还有疑似冒牌《五道受生经》的《五斗金章受生真经》……就像很多冒牌货反倒在包装上标"正品"、盗版书喜欢在封面上标"正版"一样，谁说你不是正品了，什么时候见过中华书局的书封面上自称"正版"了，这么心虚干吗？

道教的真经

冒牌的"三藏"

而且，正版的经、律、论"三藏"中，经是总说根本教义的，律是记述戒律威仪的，论是阐明经义的。而《西游记》里如来偏偏说《法》藏谈天，《论》藏说地，《经》藏度鬼，这也是冒牌的！总的内容竟然是"凡天下四大部洲之天文、地理、人物、鸟兽、花木、器用、人事，无般不载"，如来什么时候不讲佛法，改说百度百科了？

佛教正版的"三藏"指经、律、论，这属于基本常识——就像学过英语的人都知道字母表里有 ABC——稍微熟悉点佛教的人就了解。这么重大的问题都会写错，原因只能理解为与六耳猕猴那回——如来佛在整部《西游记》唯一出场一次讲的经，反倒是道教的《护命经》——一样，这就是作者故意的！

况且如来还说这"三藏""真是修真之径，正善之门"。"正善"固然一股佛教味，但"修真"一般指的是道教的修炼。不要说古人，就是今天的"修真小说"，也都是讲内丹真气这一套的！

这"修真之径，正善之门"，如来在第八回也说过一遍，这次是第二次重复。如果我们再翻回到乌巢禅师授《心经》那一回，可以看到类似的话：

此时唐朝法师本有根源，耳闻一遍《多心经》，即能记忆，至今传世。此乃修真之总经，作佛之会门也。

《西游记》里认为《心经》是所有佛经的根本，如果"作佛之会门"可以对应"正善之门"，那"修真之总经"对应什么呢？
"作佛"与"修真"岂不正是佛道对应的一对概念？

所以说，如来的这"三藏真经"，仍然体现了佛道合一、仙
佛同源的概念："三藏"是佛家的，"真经"是道家的；"正善"是
佛家的，"修真"是道家的。而《法》藏谈天、《论》藏说地、《经》
藏度鬼的内容，也正是彻底地把佛教给窜改了！因为我国本土所
崇奉的神灵，正是分为天神、地祇、人鬼三个系统！这套体系
肯定不是印度传来的！而且，这还真不是道教的专利，因为早在
《尚书·舜典》里就有，大舜帝说：

咨四岳，有能典朕三礼？

意思就是说："众位爱卿，有谁能主管朕的'三礼'呢？"这
里的"三礼"，就是祭祀"天神、地祇、人鬼之礼"（汉马融说），
这是我国传承了几千年的祭祀"三件套"。漫说皇上家南有天坛、
北有地坛，中间有太庙，就算一个小县城，都有"风云雷雨坛"、
"城隍庙"、"邑厉坛"（祭祀厉鬼的），正好隐隐分出天神、地祇、
人鬼三个体系。不管其中有佛教、道教、民间信仰的多少成分掺
和在一起，这天、地、鬼的大框架基本是不变的。

道教源于上古的方术，同时也承担了一部分国家祀典的功
能。道教崇拜的神，也正分为天神、地祇、人鬼三个大类。另
外，"三藏真经"里"凡天下四大部洲之天文、地理、人物、鸟
兽、花木、器用、人事，无般不载"，这个功能是什么呢？这是
古代的百科全书，它的名字叫"类书"！《西游记》里"三藏真
经"的这套编纂体系和古代类书"天地人事物"的顺序是一样的，

这是儒家思想的反映，绝不是源自佛教或道教的思想。

所以说，如来这里短短的一段话，其实已经暴露了《西游记》中唐僧千辛万苦要取的"真经"的真相：它根本不是纯粹宣扬佛教的，也不是纯粹宣扬道教的。它只是借取经这个故事，要讲三教合一的道理。先是大摇大摆地把道教拉进来，然后再暗搓搓地把儒家拉进来。老君、孔子，三个搅在一起，看不出谁是谁了！

至于为什么把经、律、论三部分变成法、论、经？恐怕也是在不做大手术的情况下，尽量冲淡其佛教色彩。因为"律"字面意思太明显，只能理解为"戒律"，是必须改掉的，所以不妨用一个"法"字来代替。按字面意思，"法"的涵盖面最广，相当于"道"（道乃法之体，法乃道之用），可以配天；"经"是用来念的，念经超度鬼魂没有问题；剩下一个"论"，就凑合着让它"说地"得了！

无字真经和索贿

阿傩、迦叶二尊者带着唐僧师徒去藏经阁取经，到了地方却又索要"人事"。没有"人事"，就给了一堆白纸本子。这一点，经常被理解为对佛教的讽刺。然而，真的是这样吗？

其实，真理本来就应该是无字的！《道德经》劈头一句话："道可道，非常道。名可名，非常名。"语言这东西，只是一个思维的外壳而已，并不是思维本身。思维，也只是意识的外壳而已，并不是意识本身。意识，也只是……而已、而已、而已。好了，不多说了！

所以语言文字，只能作为一种求得真理的辅助手段，绝不是求得真理的康庄大道。要求得真理，关键还是在于内修心性、外行实务。光靠看书，是有很大局限性的。

别看我天天讲《西游记》，其实我最佩服的人，是颜元和李塨二位先生。所谓："人之岁月精神有限，诵说中度一日，便习行中错一日；纸墨上多一分，便身世上少一分。"可为终日钻在纸堆里，既脱离实际又蔽塞真心的人物，作一大狮子吼！

语言文字之无力，表现在很多方面。例如"解释"这个词，我们用语言来给它下个定义：《汉语大词典》的词条"解释"就是"分析说明"；什么是"说明"呢？词条"说明"就是"解说明白"；什么是"解说"呢？词条"解说"就是"解释说明"。咦，转了一圈，又转回来了！成了死循环，獐旁边就是鹿，鹿旁边就是獐，等于什么都没说。

所以《西游记》里反复说"千经万典，只是修心"。当然还得走十万八千里，经过八十一难。就是金顶大仙说的：

你认得的是云路。圣僧还未登云路，当从本路而行。

云路是修心，本路是实行。西天胜境，一念可到；可是还得一步一步、一难一难地走过去。试想，一部《西游记》，很多故事，不都是从孙悟空和唐僧讨论《心经》开始，到孙悟空打败妖怪救出唐僧结束的吗？此二者外，其实更不必宣讲什么佛理了。说实话，佛经里精义多了去了。不读《楞严经》，不知迷悟之关键；不读《法华经》，不知如来之苦心；不读《华严经》，不知佛家之富贵……然而这些，无妨交给钻研佛理的专业人士去做，比起心性和实务二者来，这又是次一等的内容了。

所以理论上说，文字是没有用的。所以，虽然我写到这一讲了，前前后后五六十万字，还是等于一个字没有写。

所以，历来的禅宗高僧也好，全真高道也好，都喜欢讲"无字经"，"不立文字，直指人心"是高明的智慧。然而虽然真经无字，却不是所有人都能理解得了的。对于普通人，还是得用适合普通人的办法。

这里讲一个有意思的故事。关于玄奘法师的第一手史料《大唐大慈恩寺三藏法师传》和《大唐西域记》，都有这样一段记载：印度的醯罗城有如来的骷髅骨和一片顶骨。用香末和泥印一下顶骨，观察泥巴上的纹路可以知道吉凶。还有一颗如来的眼睛，像李子那么大个，"光明清彻瞩映中外"。还有一件如来的袈裟、一柄锡杖。这五件展品，来参观的人络绎不绝。看守的和尚本来不想开放，但要求参观的人太多。于是"以为财用人之所重。权立科条以止喧杂"，开始设卡卖票：参观如来顶骨，交一个金币。用泥印一下，交五个金币。参观眼睛、袈裟、锡杖再交金币。玄奘法师来参观了一次，"施金钱五十，银钱一千，绮幡四口，锦两端，法服二具"，立马成了 VIP 会员！

这和今天各个寺庙里的事简直一模一样！虽然看顶骨、眼珠，如见如来本尊。即便这样，也是要向和尚交钱的！因为没办法啊。其实修佛就老实修佛得了，一块破骨头、一个眼珠子（弄不好还是假的，真的怎么保存一千多年？）有啥值得看的？可是老百姓就是在意这种看得见摸得着的东西。这和读书人在意书本上写的东西有什么区别？所以，看守的和尚卖票是很正常的，他需要雇人维护展品安全、管理参观秩序。要不你印一下，我摸一下，佛骨早就碎了。

况且，观音菩萨当年在长安的时候，只说真经"在大西天天竺国大雷音寺我佛如来处，能解百冤之结，能消无妄之灾"，充其量只是个广告，从头到尾，就没说白给呀。凭什么我们就认为一定要白给，唐僧去了就能拿到？人家要"人事"还不爽，这是什么心态？你千辛万苦来了就有理了？有本事拿白纸走啊。历史上的玄奘法师，看了一眼佛头骨还给了五十个金币、一千个银币呢，绝不说"我大老远来的，你给免票吧"。这就是差别和境界！

所以阿傩、迦叶向唐僧要"人事"，其实也是很正常很现实的事情。只要落到实处的东西，就一定得消耗人力物力，需要交换才能得到。有字的佛经，不需要纸张吗？不需要印刷或抄写吗？不需要装订吗？这样算下来，一个印张的成本起码得三四毛钱！要是精装，还有人工装订费；布面精装还有布钱；锁线订比胶订还要贵，装成唐代的卷轴更贵了；雷音寺的管理成本还得摊进几成吧；涉及图像还得手绘吧……这还是佛祖不要稿酬的情况下。五千零四十八卷经就是按今天批量印刷的情况算下来，光成本也得上万，印数少或只是抄写的话，成本还会数倍乃至数十倍地翻。根据敦煌文书，唐代抄经一卷约一千文（据某些论文的折算，未细考），五千四十八卷大致合五千多两银子。菩萨当年跑到长安狮子大开口，一领袈裟也不过五千两。用一个紫金钵盂换，值大发了！

《西游记》里佛经的卷数有什么特别的含义吗？

《西游记》里，这个"一藏之数"实际上是唐玄宗时期，智升的《开元释教录》中汉文《大藏经》的卷数。《大藏经》是佛教典籍的总称，这里指唐玄宗时期中土的汉文佛经，包括大乘、小乘及各种文集、传记，共一千零七十六部，合五千零四十八卷。

　　唐代以后，汉文佛教经典亡佚了不少，但也有新经典不停地加进来。所以《大藏经》的卷数不停地增长。五千零四十八本来就是个普通数字，没有什么隐含意义，但因为出现得比较早，后世一直沿用，当成了一个成数。北宋的《开宝藏》就依据这个数，印了五千零四十八卷，尽管后世佛教经典已经远远超过了这个卷数，只要不是研究佛教文献的，民间仍然愿意说一部《大藏经》是五千零四十八卷，这就是习惯的力量。例如：

　　　　三藏顶礼，点检经文，五千四十八卷，各各俱足；只无《多心经》本。(《大唐三藏取经诗话》)

　　　　久闻大德。精隐西林。经已看五千四十八卷月下工夫。卦未卜三百八十四爻身中门路。(孤本元明杂剧《太平仙记》)

　　而且，在禅宗的影响下，这个"五千四十八卷"，渐渐用于一种表示佛教经典有千言万语、多得不得了的场合，且一定会用一种极为简单的思路和五千零四十八卷对比，例如：

　　　　佛菩萨语流布人间，凡五千四十八卷，而一祖西来，直指心源，不立文字。(《枰棡集》)

　　　　故八万四千偈，不离于当处，而五千四十八卷，皆作戏于逢场。(李之仪《姑溪居士集》)

　　这些都是宋代以后人的话，而且还是有名的文人。他们既没有时间也没有必要去核查当时的汉文佛经是多少卷。例如李之仪是北宋末年人，这时《开宝藏》又增入了一千五百八十卷。他写文章的时候，总不会真的去核查一下，做 5048+1580=6628 这样的算术题了。

《开宝藏》

　　在玉华州，猪八戒、沙和尚说自己兵器的重量，都是"一藏之数"，五千零四十八斤，这也是对这个数字的神秘化。有朋友问这个重量有什么深意，答曰，恐怕没有什么深意，就是故意选一个神秘数字，使兵器看起来有来历而已。

　　这种神秘数字，比《西游记》再早的古人一样玩，例如嘉靖《常德府志》记载，元朝的一位和尚名叫大德（他就叫"大德"，不是高僧大德的通称），沅陵人，有一次登安阳山修道，正好走了五千零四十八步，于是就在山顶飞升了。凡是他插过锡杖的地方，都成了泉眼（看来想成仙成佛，必须买一个计步器）。

又比如明代南京祭功臣庙，都要用五千零四十八个馒头。从江宁、上元两个县征二十担面，祭完了就拿到工部，给工人们分着吃了。这可是政府行为，可见社会各界，都是喜欢凑这种"一藏之数"的。

神秘数字的迷恋

中国人喜欢凑神秘数字。我在上本科的时候，有一次学生会组织活动，一位老师讲古琴，用一种非常神秘的腔调说，"古琴是传统文化的精髓，上面圆，下面平，象征天圆地方；琴长三尺六寸五分，象征一年三百六十五天；古琴的十三个徽，代表十二个月和一个闰月"……此公说到声情并茂的时候，我举手发言说："老师，那也不对呀，阳历碰上闰年就是三百六十六天了，农历一年有三百五十四天的，有三百五十五天的。闰年还有三百八十四天的。"此公说："是平均数，一年平均三百六十五天。"我说："那也不对呀，为啥徽位只因有十三个就算上闰月，一年的天数就算平均值，月数为啥不算？这不是故意凑的吗？"于是这位彻底不爱理我了。

三百六十五天和五千零四十八卷，其实都是一种神秘数字。这种对神秘数字的依恋，今天也有，但凡结婚，都要十点五十八分开始。其实提前一小时婚礼，十二点整吃饭是合理的，但为什么非得选十点五十八，也只是求吉利。我结婚的时候，正赶上11月3日，一查农历是个十月初一，立即有朋友劝说："啊呀不得了啊，十月初一是给阴间送寒衣的日子，怎么能结婚？"可除了那天之外，酒店都订满了呀！我查了一下皇历，这一年的十月初一还真是"宜婚娶"！那听谁的呢？于是我说："皇历说了，宜婚娶没问题。另外每月初一好啊，阴历的初一正是日月合朔，太阳和月亮会合的日子，一个月就这么一天。象征阴阳和合，美满幸福……"于是皆大欢喜。所以很多事情，没有对错，解决办法就是四个字：心安理得。

其实全世界都差不多，牛顿用三棱镜将白光分解了，说是七色光。但后来看网上有文章说，其实就是一个连续光谱而已，分多少色都行。牛顿管它叫七色光，只是对"七"这个数字比较迷信。这里多扯一句，今天大家公认的比较完善的汉文藏经《大正藏》，计正藏、续藏、图像和总目录共三千四百九十三部，一万三千五百二十卷。这个数正好又接近孙悟空金箍棒的重量！这仍然是个巧合。以后若有新的西游同人故事，这又是一个潜藏的设定了。

潜藏的丹道知识

然而，在明代人心目中，五千零四十八还有特别的含义。

明代人讲采补的，把女孩的初潮看得很神秘，认为这是采补的大药。而如果按一年三百六十天算（其实是三百六十五天，这里只是为了让一年的天数也神秘化），刚满十四岁的少女正好活了五千零四十天，这和"一藏之数"又很接近。所以，干脆给它凑上那个神秘数。例如：

> （红铅）亦名先天梅子五钱，此室女初次经血，扣算
>
> 女子年岁，凡五千四十八日，即女子天癸将至之日，须

预备锡铅候取，以茯苓末收渗晒干。或以丝绵渗取，用
乌梅煎汤。

在明朝人看来，这种东西又叫"白虎首经"，是可以吃的珍
贵补品，其实，怎么可能所有少女都是五千零四十八天来初潮？
这只是一种迷信。

内丹家借用了这个"白虎首经"概念，来比喻体内一种铅汞
相交的状态。例如张伯端"白虎首经至宝，华池神水真金"，托
名吕洞宾的《真经歌》：

> 说真经，笑盈盈，西川涧底产黄金。
> 五千四十归黄道，正合一部大藏文。

明代孙绪的《沙溪集》有这么一段话，也可以参考：

> 藏经至于五千四十八卷，喻五千四十八日金经发见
> 之时也。《度人经》注"度人须用真经度，若问真经癸是
> 铅"是也。释氏相传：唐僧不空取经西天，西天者，金方
> 也，兑地，金经所自出也。经来白马寺，意马也。其曰
> 孙行者，心猿也。这回打个翻筋斗者，邪心外驰也。用
> 咒拘之者，用慧剑止之，所谓万里诛妖一电光也。诸魔
> 女障碍阻敌，临期取经采药魔情纷起也，皆凭行者驱敌，
> 悉由心所制也。白马驮经，行者敌魔，炼丹采药全由心
> 意也。

至于为什么这样作比，因为这事太隐晦，我翻了许多资料，也看不出原因。

总之，内丹家认为，经过五千零四十八天的修炼，可以"金经发见""天心复现"，获得"华池神水"。至于具体是什么，没有炼过，不能从字面上乱猜。但有一点是可以注意的，就是内丹术里说的年月日时，和我们平时说的年月日时是不一样的。它所说的五千零四十八天，只是概念上的天数，未必是实际上的天数。我们只要理解为内丹家喜欢的一种神秘数字，就可以了！

怎样让大家读到一部靠谱的《西游记》？

《西游记》是一把开启传统文化的钥匙，任何名著，只要熟读了，都是一把钥匙。但关键是，熟读的前提是什么？

就是要有一个可靠的文本！这次专门讲这个话题。

我们知道，《西游记》是明代的书，可是我们今天买到的书，都是现代的印刷品，明代的书肯定不长这样的。出版社面临的问题，是如何把这部明代的书变成大家都能阅读的现代出版物。

有人说，这还不容易吗，把原书找来照着敲进电脑就行了，然后排版印刷啊。那好，第一个问题来了。

照哪本书录入？

对《西游记》了解一些的朋友会说，世德堂本啊，最早的版本啊。所有出版社也都标榜自己出版的《西游记》是"根据世德堂本整理出版的"。可是，这本实实在在的书又在哪里呢？

全世界的世德堂本，只有四部！

一部在二十世纪二十年代发现于日本村口书店，现存中国台湾"故宫博物院"。

一部在日本日光山轮王寺慈眼堂。

一部在日本天理图书馆。

一部在日本浅野图书馆（这部只有后五十回）。

这四部，全是在日本找到的。再早的时候不敢说（比如道光或乾隆以前），但在二十世纪二十年代以前，想在国内看所谓的"世德堂本"，是没处抓挠的！

好吧，诸位到日本看书去吧！人家都精得很哩，这都是他们的大宝贝，能随便给人看？慈眼堂的就根本不给人看。天理图书馆的光复印就得好几万！还得承诺：只能研究，不能出版。不服气呀，谁让我们当年自己不争气，好东西都跑到外国去了！话说回来，要不是日本还有这三部半书，《西游记》的原貌就没的看了！

况且，世德堂本的封面上也没有写"我是现存最早的《西游记》版本"啊！光得出这个结论，版本学家们就做了大量工作。这个涉及版本学的问题，就不多说了。

这四部书虽然都叫"世德堂本"，但互相还是不大一样，因为明代《西游记》太畅销了，这部书的底版印了一次又一次，也经人补了一次又一次。这四部印次、底版都不相同，甚至很多字都不一样。把这四部书一个字一个字校一遍？这是专门研究《西游记》版本学的学者做的事，这件枯燥的事一做就得几年甚至十几年。

我既没有时间，也没有钱，花几年时间跑到中国台湾或日本校这个玩，这个和媳妇两地分居就受不了。更何况人家也未必让看。缩微胶卷倒是有，但也很麻烦。好在这四部里，以台湾这部最完整，质量最好，所以台湾天一出版社和上海古籍出版社根据它影印了出来，分别收在《明清善本小说丛刊》和《中国古代小说集成》里。如果不研究装帧、纸张，只看文字的话，看影印版相当于看照片，这也足够了。这才为我们整理这部"世德堂本"准备了所需的第一个步骤。

怎么录到电脑里？

有朋友想：有了底本之后，就可以录入啦，这事还不容易？花点钱找个录入公司都能干。一千字给个十块八块的，怎么叫你一说就这么难？

那好，我们随便翻一页，看看是不是那么简单：

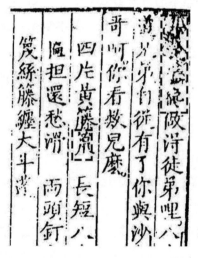

世德堂本《西游记》第二十三回

以为这件事情很容易的朋友，请来告诉我：

首先，右上角虚线圈出来的那几个字是什么？敲进电脑的时候应该敲什么字？

其次，左数第三行第五个画出来的字念什么？敲进电脑里应该敲什么字？

第一个问题，可能是原来的版刻这里就印糊了，或者木版印多了之后就磨损了。有朋友说，那也没办法，这里打几个"□"就得了。

然而，整本书不是这一页的角上磨损了，是许多页的角上都磨损了。有时候还不是个别地方磨损了，是整篇整篇地缺。要是成百上千的全都打方框，就变马赛克了，不明白的人还以为是什么不宜呢！找谁说理去呢？没处说理！只能说，这个版本时间太久了，很多字都看不清了！但是出版的时候，不能满篇都是方框啊！

比磨损（一般叫剥泐）更麻烦的是缺页。比如原本狮驼岭小钻风那一回，就有几页整个缺了。哪儿去了？几百年过去了，谁知道哪去了？不知道上哪找？那就缺着呗。

缺的、看不清的只好补。假如给我几年时间什么事都不用干，当然，可以跑到日本去求爷爷告奶奶，借看这几部世本，一个字一个字地补，前提还得是这几部也不能磨损不能缺。这事谁提前也不知道，只能跑去现看。要是都缺了呢？那就只好找别的版本的《西游记》来补了！虽然是等而下之的办法，但也算个办法，这就涉及另一个问题。

备胎是谁？

《西游记》是明代的书，当然明代的备胎最合适。清代以及后来的版本，都是从明代的这些版本翻印来的。这个道理，想一想就明白。但有些朋友还真不明白，我还见到过有人拿二十世纪五十年代人民文学出版社的那一版去挑明代世德堂本的毛病的，理由是这一版更权威……这个逻辑就相当于说爷爷必须长得像孙子，不像就是爷爷错了。

明代留下来的通称为《西游记》的书，一共七种：世德堂本、李卓吾评本、杨闽斋本、闽斋堂本、朱本、杨本、唐僧本（其中有些版本又有不同的版次，如世本有中国台湾世本和日本浅野世本，李评本有甲乙丙本三个系统十一部，这个就不展开了）。

对《西游记》的整理出版来说，世德堂本通常作为底本，其他六个都是"备胎"。虽然通称"西游记"，但它们实际的名字也各不一样，例如杨本叫《西游记传》、朱本叫《西游释厄传》、唐僧本叫《唐僧西游记》……这是明代不同书坊（现在叫出版公司）出的《西游记》。

这里面，只有李卓吾评本和世德堂本基本一样，剩下的都有问题！

有问题到什么程度呢？比如杨本写大蟒精和稀柿衕故事，世德堂本一万多字，杨本竟然只有这么几个字：

> 话表四众过了小雷音，来至一岭，有三百里无路。乃是一条污秽坑土，名稀屎洞。忽遇大蟒拦路，被行者掣棒打死。八戒变出猪形，把嘴掉开秽物，引师父三众过了稀屎洞。

这就完了？对，这不是内容提要，正文就是这样的！这个本子前半部都和世德堂本差不多，越到后来越简陋，把很多故事都删成了这样的内容提要！就是这样不厚道。

文笔上，这些"备胎"也不行。比如在平顶山装天那一回，杨本竟然有这样一首诗：

> 三藏八戒与沙僧，被妖捉获实堪怜。行者压在三山下，土神开山得脱生。小妖拿宝来收伏，换得行者毛一根。三藏果是金蝉子，感动哪吒闭了天。

简直了……又没辙又没韵，我经常说世德堂本《西游记》的诗烂，其实没有最烂，只有更烂。

而且连人物、地点都不一样！比如无底洞那一回，杨本是这样的：

> 不多日，投宿禅林寺。忽有一女怪，把三藏摄去。行者挺棒蹑赶，赶至一洞，名曰陷空洞。那女怪忽跌下一个腰牌，被行者拾起，见上写"李达天王幼女"。行者得了此牌，径上宝德关见李达天王，责他闺门不紧，纵放幼女为妖。

世德堂本《西游记》，肯定是和这些简略的本子有关系的。但是，这七个版本谁先谁后，到底是世德堂本把这些简单的故事扩写了呢？还是一些书商把世德堂本大删大改了呢？还是有更加复杂的原因呢？这些备胎之间又有什么先后关系呢？这些问题又有一大堆争议，各有各的证据，目前还没有一个权威的答案。

然而现在还管不到这些，现在急的是，底本缺了残了错了，怎么弥补、纠正啊？

刚才说了，李评本和世本最为接近。所以世本缺漏错误的时候，大多数是用李评本修订的。所以，第一个该翻的，应该是李评本的牌子。李评本如果缺、残、错误、有疑问，再挨个翻其他版本。

另外多扯一句，"《西游记》在明代是禁书"，这句话，是一句彻头彻尾的谣言。明代的出版机构，什么世德堂、荣寿堂、闽斋堂、大业堂、朱苍岭、蔡敬吾、杨闽斋（与闽斋堂不一样）……一抓一把，全都印过《西游记》。甚至鲁王府、周王府、荆王府都有可能印过，而且都号称"官版"。

不但明代不是禁书，《西游记》明清两代，就从来没有成为过禁书！即使清代搞文字狱，也没有牵连到《西游记》。这种禁书的谣言，是建立在大多数人对古籍不了解的情况上的，实在是太欺负人了。皇上没那么敏感，看见个"皇帝轮流做，明年到我家"就受不了了？这也太玻璃心了。那《史记》里还有"王侯将相宁有种乎""彼可取而代也"呢，怎么不把《史记》也禁了？

这些字念什么？

我在前文留了一个问题，那个画出来的，上面竹字头、底下带三个爪子的字念什么？

也许有朋友说：这个字还不认识？我百度过了，这个字是

"箆"，是竹箆的箆。因为所有电子版的《西游记》都是"箆"。然而，"箆"字什么时候能写成下面三道了？另外，箆是劈成一条一条的长竹条的意思，可以论"条""根"而不能论"片"，猪八戒挑四条竹箆做什么用？况且也谈不上多累呀。

还有看过纸质书的朋友也说：我看过所有的纸质《西游记》也都是箆。那么再追问一句，这些纸质书的文本，又是从哪里来的呢？只要这么一问，很多我们想当然的不成问题的问题，立即就成了问题。

恰好，隔两行就有一个"箆"字："箆丝籐缠大斗篷"，这和刚才那个带三个爪子的不是一个字呀！

又有朋友说："查字典啊！"但是您能说清这个字几笔是怎么写的吗？不是图片糊，是原本就印得这么糊。况且，就算不糊，字典也查不出来，因为它写得根本就不守规矩！

又有朋友说，管他念什么，随便敲一个就得了！那也不行啊。要是遇到不认识的字就随便敲一个，整部书就没法看了！

对校一下另外的几个本子，就会发现，李卓吾评本在这里，写的是"箳"。这又是个啥字呢？大熊猫吃的竹鼠？

其实，这个字是"籨"（liè）。《说文》有此字，意思是"编竹也"，就是竹条编成的席子。后来不管是不是竹子编的都可以称"籨"，又叫"笭"。可以做棚顶，可以做隔席，可以做垫片。明方以智《通雅》卷四九："《类篇》曰：舟车篷也，粗箔也。……今韵书无此字，而江湖船上时时称之。或单称船仓中踏足隔货者曰，或作笭。"

所以，"黄藤籨"是师徒四人睡觉的席子，所以才有四片。天天挑着四片藤席走路，猪八戒当然嫌沉了。

这在明代是人人知道的东西，就像今天人说"屁屁踢"一样，再过几百年，后人看到我们的文字，可能会以为"屁屁踢"是一种武功招式了。就是明代，一般的书里还没这个字，只有民间口语里有。

《西游记》里这个"籭"左下方之所以可以撇出去，不是向右的一钩，是因为带偏旁"鼠"的字，俗写都可以写作"鼡"，如"玀"（猎）可以写成"猎"或"猵"。

而世德堂本《西游记》，凡是遇到这个偏旁都会写成类似"鼡"的样子，例如：

世德堂本《西游记》第十九回

这样，通过底本书的本证，别的版本书的旁证，文理上的吻合，当时社会的情景，四个角度一综合，就可以确定这是一个"籭"字而不是"篾"字了。

又比如下面这个字：

世德堂本《西游记》第三十七回

　　这又是个啥字呢？翻翻各大出版社的《西游记》，这里写成"想必是国土不宁"。然而这个字长得也不像"国"字啊！

　　看多了明代小说的朋友可能会认识，这个字其实是"边"字，繁体字是"邊"，民间写草了就成了这模样了。其实我们今天的简体字"边"，上面那个莫名其妙的"力"，就是这么变过来的。谁知后来一些《西游记》的整理者反倒不认得这位老祖宗了，就改成了"国"字。

　　其余的例子还有许许多多，但限于篇幅，不多讲了。

　　相信大家都明白了，《西游记》的底本，不是那么好敲到电脑里的。第一，它有很多字丢了、模糊了，甚至整篇缺了、错乱了。第二，它有很多字，虽然是汉字，却是当时的俗体、当时人熟悉的事物，甚至只在口语里才有。它认得你，你不认得它。第三，《西游记》是一部通俗读物，所以有很多错字和不统一的地方，例如"孙悟空"转眼就写成"孙悮空"。假如都给它"改对"了吧，却又容易误伤那些本来没错而今天不熟悉的俗体、口语用字。这个工作叫"校勘"。有朋友说，校勘不就是校对嘛，有什么新鲜？其实听我这么一念叨，恐怕就觉得差别大了。

我第一次读《西游记》原著，是岳麓书社的一个本子，那年只有八岁，当时只觉得好玩。整理这部《西游记》，从 2008 年到 2014 年，前后做了六年。光"把字敲对"这件看似简单的事情，就做了至少两年。很多字都是这样，一个字一个字地研究出来的，有时候简直就是猜谜语！虽然还没有条件把所有的版本都校一遍，但起码能保证：每一个字敲到电脑里的时候，一定是有根据的。不论谁问我：为什么要用这个字？为什么要补这一段？为什么要改？我都能说出道理来。这样，才使一部破破烂烂、缺须短尾、错字难字连篇的古书，变成一部文从字顺、完整准确、可以供普通人阅读的现代书。不能因为自己不懂得、不认识，就不负责任地乱改乱说一气。这是既骗读者，又骗自己的行为。

然而，这才完成了不到一半的工作！

有了可靠的底本之后，还得注释啊。每一条难懂的词，每一个有深层意义的点，都需要一条条扒出来。这个工作比起校勘来，一点都不轻松。因为作者就是那么一写，我们得反复查书、验证。这个工作，又做了将近四年。

我做的这种工作，叫作"古籍整理"，这是一门专门的学问和专门的职业。因为古书太复杂了，不是我们拿一本书，就能照着敲进电脑，拿到印刷厂就印了。天下哪有这样简单的事！把古代的书变成现代的书，不能电脑处理，不能批量生产，不能流水作业，只能靠一个人凭自己的学识和精力一个字一个字地慢慢抠，真真是既费力又不讨好。这工作，没法上电视演，没法编歌曲唱，甚至和行外人讲都是一头雾水。

然而，如果没有专门从事古籍整理的人，今人如何看到《论语》、《史记》、唐诗宋词以及四大名著？难道要跑到博物馆去看竹简，或者跑到收藏单位看人脸色？没有这个工作，所有对传统文化的阅读、理解、分析、演讲、翻拍甚至阴谋论都无从谈起。所以，我要向所有从事古籍整理的朋友们致敬！成如容易却艰辛，没有他们幕后默默地做这些最基础的工作，传统文化的地基就塌了！

图书在版编目（CIP）数据

《西游记》的八十一问 . 3 / 李天飞著 . —北京：作家出版社，2023.5
ISBN 978-7-5212-2171-8

Ⅰ. ①西… Ⅱ. ①李… Ⅲ. ①《西游记》研究 Ⅳ. ① I207.414

中国国家版本馆 CIP 数据核字（2023）第 039223 号

《西游记》的八十一问 3

作　　者：李天飞
统筹策划：刘潇潇
责任编辑：张　平　单文怡
插画支持：李云中
装帧设计：孙惟静
出版发行：作家出版社有限公司
社　　址：北京农展馆南里 10 号　　邮　　编：100125
电话传真：86-10-65067186（发行中心及邮购部）
　　　　　86-10-65004079（总编室）
E-mail:zuojia @ zuojia.net.cn
http://www.zuojiachubanshe.com
印　　刷：河北鹏润印刷有限公司
成品尺寸：147×210
字　　数：173 千
印　　张：8.125
版　　次：2023 年 5 月第 1 版
印　　次：2023 年 5 月第 1 次印刷
ISBN　978-7-5212-2171-8
定　　价：39.00 元